Der Hexenfluch

MEDEAS RACHE

EIN HARZ-THRILLER

PFEFFERMINZIA BELTANE

Impressum:
Bibliografische Information der Deutschen Nationalbibliothek. Die Deutsche Nationalbibliothek verzeichnet diese Publikation in der Deutschen National-bibliografie; detaillierte bibliografische Daten sind im Internet über http://dnb.d-nb.de abrufbar.
Veröffentlicht bei Infinity Gaze Studios AB
1. Auflage
April 2024
Alle Rechte vorbehalten
Copyright © 2024 Infinity Gaze Studios
Texte: © Copyright by Pfefferminzia Beltane
Cover & Buchsatz: Valmontbooks
Das Werk ist urheberrechtlich geschützt. Jede Verwertung außerhalb des Urheberrechtsgesetzes ist ohne Zustimmung von Infinity Gaze Studios AB un-zulässig und wird strafrechtlich verfolgt.
Infinity Gaze Studios AB
Södra Vägen 37
829 60 Gnarp
Schweden
www.infinitygaze.com

Der Hexenfluch

MEDEAS RACHE

Mit lautem Knall schlug der hölzerne Fensterladen gegen die Fassade des kleinen Hauses. Eine aufkommende Sturmböe hatte das schlecht befestigte Teil aus seiner Verriegelung gerissen.

Grete Landgraf fuhr erschrocken in ihrem Sessel herum, ihr Blick fiel in Richtung Fenster, von wo das laute Geräusch kam. Mit Schwung erhob sie sich und lief eilig zum Fenster, um nachzusehen. Draußen hatte sich der Himmel verdunkelt, obwohl es erst kurz nach vier Uhr war. Die Äste der Fichten, die an der gegenüberliegenden Straßenseite standen, bewegten sich im Wind; es sah aus, als winkten sie Grete zu. Die ersten Regentropfen fielen auf die Straße – es braute sich wohl wieder einer der berüchtigten Herbststürme zusammen.

Beim Blick aus dem Fenster erkannte Grete sofort, dass sie von hier drinnen keine Chance hatte, den losen Fensterladen zu greifen, um ihn wieder ordnungsgemäß zu befestigen. Also eilte sie in den Korridor, um sich schnell eine Jacke überzuwerfen und Schuhe anzuziehen; sie wollte auf jeden Fall wieder im Haus sein, bevor der Sturm so richtig los tobte.

Schnellen Schrittes huschte Grete über den schmalen Gartenweg, der unter ihren beiden Wohnzimmerfenstern entlangführte, hob ihren rechten Arm, fasste nach dem klappernden Fensterladen und drückte ihn hinter den alten Metallriegel. Dieser sollte dem Laden wieder Halt geben.

Gretes Blick richtete sich nach oben. Dunkle Regenwolken hatten sich über dem kleinen Harzörtchen Alexisbad festgesetzt und drohten, sich jeden Moment von ihrer Last zu befreien. „Nichts wie rein!" dachte Grete, und gerade als sie ihre Haustür erreichte, setzte der Regenguss ein, dicke Tropfen prasselten lautstark auf die Straße.

Grete entledigte sich ihrer Jacke und ging zurück ins Wohnzimmer. Aus sicherer Position beobachtete sie das Unwetter von ihrem Fenster aus. Der Sturm peitschte den Regen über die Straße und drückte die alten großen Fichten zur Seite. Grete hoffte bei jedem Unwetter, dass die Bäume diesem standhielten und nicht krachend auf ihrem Häuschen landeten.

Vor etwa fünf Jahren war genau das am anderen Ende des Ortes passiert; der erste Wintersturm ließ eine riesige Fichte brechen, die ins Dach des dortigen Kaffeehauses einschlug und es schwer beschädigte. Nein, ihre Fichten würden dem Sturm wiederstehen, dessen war sich Grete heute sicher.

Das Licht ihrer Stehlampe begann zu flackern. „Jetzt bitte nicht auch noch eine Stromunterbrechung!" fuhr es Grete durch den Kopf. Das kam im Harz leider häufig vor, gerade bei solchem Wetter, wie es draußen tobte, musste man mit Stromausfällen rechnen. Das Lampenlicht stabilisierte sich wieder, dennoch wollte Grete einer möglichen Dunkelheit vorbeugen und lief in die Küche, um nach Kerzen zu suchen. In der unteren Schublade ihres Schrankes wurde sie fündig. Sie steckte zwei Kerzen in einen Halter, drei Teelichte wurden auf einen Teller gestellt. Streichhölzer lagen am Herd, Grete griff nach ihnen und die Schachtel verschwand in der Tasche ihrer Schürze. Die beiden Kerzenhalter trug sie ins Wohnzimmer und zündete die Lichter an. Dass dies eine gute Idee war, zeigte sich nach wenigen Minuten. Erneut flackerten die Glühbirnen ihrer Lampe, um nach ein paar Sekunden zu erlöschen. Auch draußen war es plötzlich stockdunkel, die Straßenlaternen waren ausgegangen.

Wahrscheinlich hatte der Sturm eine Stromleitung beschädigt, im ganzen Ort herrschte absolute Finsternis.

Die einzige Lichtquelle waren nun die beiden Kerzen, die die gute Stube in mattes Licht hüllten.

Grete Landgraf ließ sich in ihren Sessel fallen. Es war siebzehn Uhr, also noch früher Abend. Wie lange der Strom ausbleiben würde, konnte man nicht sagen. Vielleicht kehrte er nach wenigen Minuten zurück, möglicherweise könnte es auch Stunden dauern. Bei diesem Unwetter könnten die Techniker der Stromwerke ohnehin nicht arbeiten. Grete würde sich wohl auf einen ruhigen Abend vorbereiten können.

Gerade als sie sich überlegte, ob sie noch ein spannendes Buch zum Lesen hätte, fiel ihr ein, dass auf dem Dachboden noch die letzte Wäsche hing. Sie dürfte jetzt wohl trocken sein. Grete griff kurzentschlossen nach einem der Kerzenhalter, erhob sich aus dem Sessel, verließ das Wohnzimmer und steuerte die Treppe zum Dachboden an. Das spärliche Licht der Kerze leuchtete die alte Holztreppe nur notdürftig aus. Grete hielt das Licht in ihrer linken Hand, mit der rechten suchte sie Halt am Geländer. Obwohl sie kaum etwas sah, stieg sie mit sicherem Schritt die Stufen zum Dachboden hinauf.

Grete kannte jeden Winkel dieses Hauses und war die alte Treppe sicher schon einige hundert Mal hinauf- und hinabgestiegen. Jede einzelne Stufe kannte sie genau. Das Häuschen hatte früher ihren Eltern gehört, diese hatten es auch von den Eltern ihrer Mutter geerbt. Grete war hier geboren und lebte nun schon seit 62 Jahren im Haus, vom Tage ihrer Geburt an. Ihre beiden Geschwister, ihr Bruder Karl und ihre Schwester Regine, waren nach ihrer Heirat fortgezogen. Das kleine Häuschen hatten sie ihrer Schwester gern überlassen, beide hielt es nicht im Harz; sie waren froh, in eine richtige Stadt ziehen zu können, in der es sich bequemer lebte. Beide hielten den Kontakt zu Grete, riefen von Zeit zu Zeit an und besuchten die Schwester auch einige Male im Jahr.

Grete war auf dem Dachboden angekommen und stellte die Kerze auf das Fensterbrett. Die Wäsche war tatsächlich trocken, das verriet ein prüfender Griff Gretes nach dem Bettlaken, welches als erstes auf der Leine hing. Grete lockerte die Klammern und faltete das Laken, um es in den bereitgestellten Wäschekorb zu legen. Das zweite Wäschestück landete im Korb, als die Flamme der Kerze im Fenster plötzlich unruhig zu flackern begann. Grete fiel sofort der tänzelnde Schatten der Flamme an der gegenüberliegenden Wand auf. Mit einem tiefen Atemzug griff sie in ihre Schürzentasche. „Ach verflixt, ich habe die Streichhölzer unten liegen lassen!", entfuhr es ihr. Wenn jetzt die Kerze erlosch, stünde Grete völlig im Dunkeln. Die Kerze flackerte nach wie vor, die Flamme brannte aber tapfer weiter.

Grete entschloss sich, sich zu beeilen, ihr Vertrauen in die Kerze war gesunken. Sie wollte nicht noch die steile Treppe hinunterfallen. Als sie nach einem Handtuch auf der Leine griff, spürte sie plötzlich einen kalten Hauch, der sie von hinten erfasste. Grete drehte sich erschrocken um. Dort befand sich kein Fenster, durch dessen Spalt vielleicht ein Luftzug wehen konnte. Hinter ihr waren drei Verschläge, in denen noch jede Menge Krempel ihrer Eltern und Großeltern lag. Keines der drei Geschwister hatte in den Jahren die Muße, sich die alten Sachen anzusehen und auszusortieren. Das Zeug störte hier oben keinen und so verstaubte es von Jahr zu Jahr mehr.

Der kalte Hauch erreichte ihre Beine und schlängelte sich von ihren Waden über die Knie bis zu den Oberschenkeln. Grete sah verwundert an sich herab, konnte aber nichts ausmachen. „Womöglich wird das Dach langsam undicht…", murmelte sie vor sich hin.

„Ich werde mal den Dachdecker in den nächsten Tagen anrufen." Die Kälte an ihren Beinen verstärkte sich und eine weitere eisige Wolke erreichte ihren Rücken. Es war, als lege sich ein eiskalter Schal um Gretes Körper. Ein Schütteln durchdrang sie und in diesem Moment erfasste Grete ein Schaudern. Irgendetwas stimmte hier nicht, das war Grete klar. Obwohl draußen noch hörbar der Herbststurm tobte, gab es hier auf dem Dachboden eigentlich keine größeren Spalten oder Risse, durch die der Wind dringen konnte. Grete sah sich um, ihr Blick fiel auf den mittleren der drei Verschläge. Irgendwie schien er die Quelle des kalten Lufthauches zu sein. Das sagte zumindest Gretes Gefühl.

Vorsichtig näherte sie sich der Holztür, die den Verschlag verschloss. Die einzelnen Bretter waren mit einigen Millimetern Abstand befestigt, sodass man das Innere mit einem Auge erfassen konnte. Grete hielt ihr rechtes Auge an einen Spalt der Tür, sehen konnte sie nur die Umrisse einiger Kartons, alte Koffer und einige undefinierbare Gegenstände. In diesem Moment kam ihr die Kerze in den Sinn; sie lief zum Fenster und griff nach dem Leuchter. Das schwache Kerzenlicht warf nur einen Lichtschimmer in die kleine Kammer. Grete versuchte, das Innere zu erspähen, um vielleicht die Ursache des kalten Hauchs herauszufinden. Die Tür der Kammer war durch ein nicht abgeschlossenes Sicherheitsschloss verriegelt, welches Grete aus dem Metallbügel zog, in dem es steckte. Knarrend öffnete sich die Holztür. Grete hielt den Kerzenleuchter am ausgestreckten Arm, um den Raum so gut es ging auszuleuchten. Mehrere alte Koffer konnte Grete an der hinteren Wand ausmachen, daneben stand aufrecht ein zusammengerollter Teppich. An ihm lehnten vier oder fünf aufeinandergestapelte Kartons. Das Puppenhaus ihrer Kindheit thronte oben auf dem Kartonstapel, und Grete huschte in freudiger Erinnerung ein Lächeln übers Gesicht. Sie ließ die Kerzenflamme nach rechts wandern, um die andere Ecke des Raums begutachten zu können. Hier zeigte sich ein augenscheinlich in die Jahre gekommener Lehnstuhl.

Grete konnte sich nicht erinnern, ihn jemals im Mobiliar ihrer Eltern gesehen zu haben, als diese noch im Haus lebten. Etwas lag oder saß auf diesem Stuhl, und Grete hielt das Licht höher, um besser sehen zu können. Gretes Augen erfassten im Dämmerlicht etwas Weißes, was sich an die Lehne des Sitzmöbels zu drücken schien. Der obere Teil des Gegenstands erschien schwarz. Sie trat einen Schritt nach vorn, um nach dem Gegenstand zu greifen. Die Kerze ließ sie in ihre linke Hand wandern, beugte sich nach vorn und streckte ihre rechte Hand aus. Ihre Finger berührten weichen Stoff, der offensichtlich etwas Festeres umhüllte, als sie plötzlich einen Schlag auf den linken Arm erhielt. Der Kerzenhalter entglitt ihren Fingern und fiel zu Boden. Die Kerze erlosch.

Susanne wirbelte hektisch durch die Küche. Eilig packte sie ein Käsebrot und einige Apfelstücke in die Brotdose ihrer Tochter Hermine. Das Mädchen wollte, wie jeden Morgen, nicht aus dem Bett, und ihre Mutter verfiel in nervöse Unruhe, denn in einer halben Stunde sollte Hermine im Schulbus sitzen.

„Hermine!!" rief die Mutter durch den Flur, in der Hoffnung, das Kind würde endlich fertig angezogen aus ihrem Zimmer kommen und am Frühstückstisch Platz nehmen. Aus der oberen Etage drang aber noch immer kein Laut. Susanne reichte es. Wütend stampfte sie in Richtung Kinderzimmer, drückte die Tür auf und polterte: „Stehst du jetzt bitte auf? Du verpasst deinen Schulbus!"

Unter der dicken Federdecke begann sich etwas zu bewegen und ein zarter, nackter Kinderfuß kam zum Vorschein.

„Aha, du bist wach…" stellte Susanne fest. „Dann zieh dich jetzt an und komm in die Küche!"

Hermine konnte am Tonfall ihrer Mutter hören, dass es ihr nun ernst war, und widerwillig schob das Kind die Bettdecke zur Seite. Ihr Gesicht ließ ihren Missmut erkennen. Freiwillig wäre sie nie zu dieser frühen Stunde aufgestanden. Die Kleine zog sich die bereitgelegten Sachen über und trottete ihrer Mutter in die Küche hinterher. Susanne schob ihrer Tochter eine Schüssel mit Cornflakes über den Tisch. „Bitte. Die Milch steht neben dir. Zehn Minuten hast du noch, dann müssen wir zum Bus!"

Schweigend löffelte das Mädchen ein paar Cornflakes aus der Schale, während die Mutter die pinke Brotdose im Schulranzen ihrer Tochter verstaute.

Gerade noch rechtzeitig erreichten Susanne und Hermine den Schulbus, der das Mädchen in die Grundschule der nahegelegenen Stadt bringen sollte. Susanne schob die Kleine durch die Bustür, nachdem sie ihr einen Kuss auf die Stirn gegeben hatte. „Bis heute Nachmittag! Viel Spaß!" Hermine hörte die Worte ihrer Mutter nicht mehr; sie stürmte im Bus auf ihre Freundinnen Lena und Marie zu, die das Mädchen fröhlich begrüßten.

Susanne atmete auf. Es hatte doch noch alles geklappt, Hermine hatte ihren Bus erreicht. Sie steckte ihre Hände in die Jackentaschen, denn es war schon empfindlich kalt an diesem Oktobermorgen. Als sie gerade ihren Heimweg antreten wollte, sah sie von weitem jemanden auf der Straße laufen. Susanne kniff die Augen zusammen, in der Hoffnung, die Person, die etwa zweihundert Meter von ihr entfernt am Straßenrand lief, besser erkennen zu können. Susanne beschloss, ihr entgegenzulaufen. In dem kleinen Harzörtchen Alexisbad kannte jeder jeden und alle duzten sich. Susanne konnte sich gut erinnern, die karierte Jacke schon einmal gesehen zu haben. Etwas schien mit der Frau nicht zu stimmen; sie lief unsicher am rechten Fahrbahnrand, an dem kein Fußweg war. Sie schien etwas wacklig auf den Beinen, als bereite ihr das Gehen Mühe.

„Vielleicht ist es eine Urlauberin aus den Hotels?" schoss es Susanne durch den Kopf. Dagegen sprach, dass zu dieser frühen Stunde die Feriengäste noch nicht unterwegs waren. Sie strömten erst nach dem Hotel-Frühstück, gegen zehn Uhr, in den Ort, vor allem zum Bahnhof, an welchem die historische Dampflok die Touristen zu Fahrten durch den Harz einlud.

Susanne war der Dame nähergekommen, die immer noch unsicher am Straßenrand entlang taumelte.

„Grete!" entfuhr es ihr. „Was machst du hier? Geht es dir nicht gut?"

Susanne hatte die ältere Dame erkannt, die das kleine Haus am Waldrand, am anderen Ende des Ortes, bewohnte.

Grete erhob den Blick und sah Susanne mit glasigen Augen an. Susanne erschrak; Grete schien krank zu sein. Sie reagierte nicht wie sonst, mit einem fröhlichen Wort auf den Lippen und ihrem bekannten schelmischen Lächeln. Die ältere Dame war stehen geblieben und hielt sich an einem dünnen Baumstamm fest.

„Grete, was ist mit dir?" fragte Susanne erneut. Mit leerem Blick sah Grete sie an, gab aber keine Antwort. Susanne legte ihr den Arm um die Schultern und wies in Richtung Ortsausgang, wo Gretes Häuschen stand. „Ich bring dich nach Hause, Grete, und koche dir einen Tee."

Langsam liefen die beiden durch den noch stillen kleinen Ort. Susanne begleitete Grete nach Hause, ließ sich dort den Schlüssel aushändigen und führte die verstörte ältere Dame in ihr Wohnzimmer.

„Komm, setz dich. Ich mach uns Tee."

Susanne lief in die Küche und setzte Wasser auf. Auf dem Schrank entdeckte sie eine Blechdose mit der Aufschrift „Tea", darin würde sie wohl eine Kräutermischung vorfinden. Nach kurzem Suchen hielt sie auch eine Tasse in den Händen, in die sie einen Löffel des Tees gab.

Der Wasserkessel pfiff und Susanne goss die heiße Flüssigkeit in die Tasse.

Wieder im Wohnzimmer fand Susanne die ältere Dame am Fenster stehend vor. Bevor Susanne etwas fragen konnte, drehte sich Grete herum, blickte ihr fest in die Augen und sagte mit ebenso fester Stimme: „Susanne, du musst mir einen Gefallen tun."

Susanne nickte. „Klar, Grete, gern. Was soll ich machen?"

„Du musst für mich etwas aufbewahren. Ich kann dir heute keine Einzelheiten erzählen, du musst mir einfach vertrauen. Es wäre mir wichtig, wenn du etwas für eine Weile an dich nimmst."

Schweigend hörte Susanne ihrer Nachbarin zu. Sie verstand das Ganze zwar überhaupt nicht, sollte aber keine Fragen stellen. So wollte es Grete.

„Ich weiß, es hört sich merkwürdig an", fuhr Grete fort. „Ich verspreche, dir später auch mehr darüber zu sagen, nur für den Moment bitte ich dich, den Karton, den ich dir gebe, eine Zeitlang aufzubewahren."

Während Susanne Grete fragend anschaute, verließ diese das Zimmer und kehrte kurze Zeit später mit einem verschnürten Karton zurück. Er schien nicht besonders schwer zu sein, denn Grete trug ihn mühelos unter dem Arm. Susanne hatte im Wohnzimmer gewartet und bekam nun die unerwartete Leihgabe überreicht. Bevor Susanne zugreifen konnte, zog die ältere Frau das Päckchen noch einmal kurz an sich und blickte ihr fest in die Augen. „Eins musst du mir aber unbedingt versprechen!"

Der fragende Gesichtsausdruck von Susanne hatte sich nun verstärkt. „Ja?"

„Du darfst das Paket unter keinen Umständen öffnen, hörst du! Lass es verschnürt wie es ist!"

„Aber warum? Was ist denn mit dem…?"

„Das kann ich dir nicht sagen, meine Liebe. Vielleicht später…"

Susanne bekam an dieser Stelle nun Zweifel, ob sie Grete vielleicht zu voreilig ihre Zusage gegeben hatte. Womöglich beinhaltete der Karton etwas Gefährliches oder Illegales und Grete war in unlautere Machenschaften verwickelt? Man konnte es sich bei der zierlichen Dame zwar kaum vorstellen, aber wenn sie jetzt doch so ein Geheimnis aus einem alten Karton machte?

„Grete, ich helfe dir gern, das weißt du. Aber wenn im Karton etwas Gefährliches steckt... du weißt, ich habe ein Kind, Hermine."

Grete schüttelte eifrig den Kopf. „Nein, du musst keine Angst haben. Der Inhalt ist weder giftig noch handelt es sich um irgendein Gefahrengut. Schmuggelware ist es auch nicht." Sie bekräftigte ihre Erklärung augenzwinkernd.

Susanne holte tief Luft und griff beherzt nach dem Päckchen. Es war tatsächlich ziemlich leicht; sie würde es mühelos nach Hause tragen können.

„Danke, Susanne. Stell es am besten in den Keller oder auf euren Dachboden und vergiss, dass du es hast."

Susanne hob die Schultern und beschloss, ihrer alten Bekannten zu vertrauen. Schließlich kannten sich beide seit Jahren. Sie würde ihr und Hermine schon nichts Unrechtes aufbürden.

Da Grete sich nun wieder erholt hatte und auch die rosige Farbe in ihr Gesicht zurückgekehrt war, wollte sich Susanne verabschieden. Zu Hause wartete noch der Haushalt, den sie vor Hermines Rückkehr aus der Schule eigentlich fertig haben wollte. Ihren freien Tag hatte sich Susanne anders vorgestellt, aber wenn eine Mitbewohnerin des Ortes Hilfe brauchte, konnte man schließlich nicht nein sagen.

Der November brachte den ersten Schnee. Die kleine Hermine saß gedankenversunken am Fenster ihres Kinderzimmers und beobachtete den Flockenwirbel.

Es war Samstag und ihre Freundin Marie hatte sich zum Spielen am Nachmittag angekündigt. Kurz nach 14:00 Uhr hörte Hermine ein Fahrzeug vor ihrer Haustür anhalten und machte sich freudig auf den Weg, um die Tür zu öffnen. Die beiden kleinen Mädchen fielen sich in die Arme und hatten den Kopf voller Pläne, wie sie den gemeinsamen Nachmittag gestalten wollten. Susanne hatte Muffins gebacken, die sie den beiden als Überraschung ins Zimmer stellte. Im Kinderzimmer ging es lautstark zu, die Freundinnen waren beschäftigt. Susanne stand in der Küche und wollte sich gerade einen Kaffee kochen, als das Telefon klingelte.

„Hallo?" fragte sie in den Hörer. Vom anderen Ende der Leitung antwortete eine spürbar aufgeregte Stimme.

„Susanne? Hier spricht Horst. Horst Schönbohm. Meine Frau ... Helene, sie ist ..." Die Stimme ging in ein tiefes Schluchzen über.

„Horst, was ist mit deiner Frau?" wollte Susanne wissen.

„Ich ... ich weiß nicht. Ihr geht es nicht gut, sie klagt über Schmerzen in der Brust. Kannst du schnell rüberkommen? Bitte."

Susanne ahnte Schlimmes.

„Horst, bleib ruhig! Ich alarmiere den Notarzt und mache mich sofort auf den Weg zu euch! Bin gleich da!" Susanne hatte einen Verdacht, worum es sich bei den Symptomen von Helene Schönbohm handeln könnte. Ihre Arbeit als Arzthelferin hatte ihr einige Erfahrungen in solchen Dingen gebracht; sie wusste, es galt keine Zeit zu verlieren. Nachdem sie den Notarzt verständigt hatte, rannte sie in den Flur, griff nach ihrer Jacke an der Garderobe und wollte gerade zur Tür hinauslaufen, als ihr die beiden spielenden Mädchen einfielen. Susanne machte kehrt und riss die Kinderzimmertür auf. Erschrocken sahen die Kinder auf, die gerade eine Burg aus Legosteinen bauten.

„Mädels, ich muss schnell zu den Schönbohms! Helene hat wahrscheinlich einen Herzinfarkt, sie braucht Hilfe! Es wird nicht lange dauern, ich bleibe nur, bis der Arzt kommt. Kann ich euch kurz allein lassen?"

Unsicher sah sie Hermine und ihre Freundin an.

„Na klar, Mama!" lachte Hermine. „Wir sind doch keine Babys mehr. Wir kommen schon zurecht."

Marie nickte zustimmend. „Keine Dummheiten machen, hört ihr!" Susanne hob ihren Zeigefinger und zog dann die Tür zu. Sie musste sich nun beeilen, Horst und Helene würden schon auf sie warten.

Nach gut einer Stunde war Susanne noch nicht zurück und die Mädchen bekamen Durst. „Ich weiß, wo wir etwas zu trinken finden!" freute sich Hermine.

„Mama hat die richtig guten Sachen unten im Keller. Cola und so. Die bekomme ich nur selten, zum Geburtstag oder Silvester."

Marie sprang vom Boden auf und hätte fast einen Teil der Lego-Burg umgerissen. „Cool, Cola! Komm, wir holen uns eine Flasche!"

Hermine öffnete die Tür zum Keller und betätigte den Lichtschalter. Eine schwach leuchtende Glühbirne erhellte die steile Treppe kaum. Marie folgte ihrer Freundin. In der Gemeinschaft mutig, betraten beide den Lagerraum des ziemlich dunklen Kellers. Auch hier sorgte nur eine einzelne Glühlampe für etwas Licht. Auf der linken Seite des Raumes stand ein Holzregal, in dem Hermines Mutter ihre Vorräte aufbewahrte. Konserven, Saft, selbst gemachte Marmelade, ein paar Weinflaschen. Davor stand eine rote Plastikkiste, gefüllt mit verschiedenen Flaschen.

Hermine zog eine der bunten Flaschen heraus und hielt sie triumphierend in die Höhe.

„Sieh mal, Zitronenbrause!"

Marie schüttelte den Kopf.

„Nein, nein. Wir wollen Cola!" Hermine zuckte mit den Schultern, stellte die Brause wieder in die Kiste und griff nach einer Flasche mit dunkler Flüssigkeit. Marie klatschte in die Hände. Die Aussicht auf das leckere Getränk ließ die beiden Mädchen strahlen.

Als sie die erste Treppenstufe erreicht hatten, um wieder in ihr Spielzimmer zurückzukehren, zog Marie ihrer Freundin plötzlich am Ärmel. „Was ist denn das?" fragte sie aufgeregt und deutete in eine Nische neben der Treppe.

In diese fiel so gut wie kein Licht, sie war nahezu stockdunkel, aber irgendwie hatte die finstere Ecke die Aufmerksamkeit des Kindes erreicht. Hermine beugte sich leicht über das Geländer und versuchte, einen Blick in die Nische zu werfen. Viel konnte sie nicht erkennen, etwas Verpacktes steckte in einer Art Aussparung der Mauer.

Die Kinder stellten die Cola auf die Treppe und wollten der Sache auf den Grund gehen. Obwohl sie kaum etwas sahen, nur ein dünner Lichtstrahl fiel in die Kellerecke, stapften sie auf das Mauerloch zu.

„Ein Karton!" jubelte Marie und hatte ihre Hand schon danach ausgestreckt. Hermine hielt sie zurück.

„Lass mal, er gehört bestimmt meiner Mama. Sie möchte vielleicht nicht, dass wir hier herumschnüffeln."

Doch Maries Neugier war geweckt.

„Jetzt sei doch keine Spielverderberin! Wir können doch mal reinsehen. Wenn nichts Brauchbares drin ist, stellen wir ihn wieder hin. Sie merkt es gar nicht!"

Hermine fühlte sich hin und hergerissen. Auch sie war neugierig, was ihre Mutter hier in der dunklen Ecke aufbewahrte, andererseits überkam sie ein ungutes Gefühl, denn ihre Mutter mochte es gar nicht, wenn Hermine in ihren Sachen wühlte. Susanne konnte dann ordentlich schimpfen.

Marie war allerdings nicht zu bremsen, hatte den Karton schon zur Hälfte hervorgezogen.

„Hilf mal!" befahl sie ihrer Freundin.

Da es nun ohnehin schon zu spät war, ließ auch Hermine ihrer Neugier freien Lauf und die beiden Mädchen zogen den Karton aus seinem Versteck und stellten ihn auf dem Kellerboden ab. Eine dickere Schnur war mehrfach um ihn gebunden, oben fest verknotet. Es würde schon etwas Mühe kosten, den straffen Knoten zu lösen.

Marie begann als erste die Verschnürung zu bearbeiten, die kleinen Finger nestelten an dem dicken Knoten herum. Irgendjemand hatte sich viel Mühe gegeben; vermutlich war der Inhalt des Paketes sehr wertvoll und auf diese Weise ging der Besitzer auf Nummer sicher, dass niemand ihn entwendete. Hermine beobachtete ihre Freundin mit gespanntem Blick. Die Kleine bekam den Knoten nicht gelöst. Plötzlich hatte Hermine eine Idee. „Warte mal, ich hole von Mama eine Stricknadel. Damit geht's bestimmt besser!"

Schon polterten die kleinen Füße treppaufwärts, um aus dem Strickkorb ihrer Mutter eine Handarbeitsnadel zu holen. Wenige Minuten später kehrte Hermine zu ihrer Freundin zurück und überreichte ihr das Werkzeug.

„Probier mal!"

Marie drückte die Spitze der Nadel in die Verschnürung und bewegte sie hin und her. Der Plan schien zu funktionieren, nach und nach lockerte sich der Knoten und nach kurzer Zeit ließ er sich mühelos öffnen. Hermine zog die Schnur, die das Paket verschloss, auseinander. Maries kleine Hände hatten im selben Moment den Deckel des Kartons gepackt und mit einem Ruck zog sie ihn hoch.

„Coooool!" rief sie und strahlte über das ganze Gesicht.

Es war schon weit nach 20:00 Uhr, als Susanne nach Hause zurückkam. Mit schlechtem Gewissen schloss sie die Tür auf und rief nach den Mädchen. Hermine und Marie saßen in der Küche und hatten sich ein Brot gemacht. Susanne stürmte an den Tisch und umarmte die beiden.

„Kinder, es tut mir so leid. Es ist ganz schön spät geworden! Es gab Probleme bei Helene, der Notarzt musste sie wiederbeleben und Horst war fix und fertig. Ich musste noch etwas bei ihm bleiben. Marie, ich habe deine Mama angerufen, sie hat erlaubt, dass du heute bei uns übernachten darfst. Was hältst du davon?"

Ein lauter Jubelschrei hallte durch die Küche. Diese freudige Überraschung nahmen die Mädchen gern an, und nach dem Abendessen erlaubte ihnen Susanne sogar noch, einen Trickfilm anzuschauen. Die Mutter war erleichtert, augenscheinlich waren die beiden doch schon recht selbstständig und hatten die Stunden ohne sie gut gemeistert.

Nach Mitternacht zog ein Sturm herauf. Der Wind wurde stärker und begann, durch den Ort zu toben. Susanne hatte sich schon schlafen gelegt, als plötzlich ein vermutlich abgerissener Ast gegen ihr Fenster schlug. Erschrocken fuhr sie hoch und schaltete die Nachttischlampe an. Das Fenster war unbeschädigt, Gott sei Dank. Sie verließ das Bett, um einen Blick aus dem Fenster zu werfen. Draußen schwankten die Fichten im Sturm, die Böen wirbelten das trockene Herbstlaub durch die Luft, der volle Mond wurde immer wieder von eilig vorbeiziehenden dunklen Wolken verdeckt.

Susanne schlüpfte in ihre Pantoffeln und wollte noch kurz nach den Mädchen sehen, bevor sie sich wieder ins Bett legte. Leise schob sie die Tür des Kinderzimmers auf, die beiden Freundinnen schliefen friedlich aneinandergekuschelt in Hermines Bett. Susanne lächelte und zog die Tür wieder zu. Wenige Sekunden später überkam sie ein tiefer Schlaf unter ihrer warmen Bettdecke.

Die dritte Stunde war angebrochen. Noch immer fauchte der Sturm durch das kleine Dorf im Harz. Hermine und Marie träumten, Marie erzählte leise im Schlaf. Plötzlich riss ein Aufschrei Hermine aus ihren Träumen! Sie fuhr hoch und fand ihre Freundin im Bett sitzend und laut schreiend vor. Ratlos und noch etwas benommen ergriff sie Maries Hand.

„Was ist denn los?" wollte Hermine wissen. In diesem Moment flog auch schon die Tür des Zimmers auf und die sichtlich erschrockene Susanne stand am Bett der Kinder. Marie begann laut zu weinen.

„Kind, was ist denn?" Susanne versuchte, die aufgelöste Marie zu beruhigen. „Hast du schlecht geträumt?" Marie schüttelte schluchzend den Kopf.

„N..n..nein", stammelte sie. „Es war jemand hier. Es… es hat mir…jemand am Bein gezogen." Weinte sie.

Susanne schaute das Kind ungläubig an.

„Aber Marie, außer uns ist doch niemand im Haus. Wer soll denn..." Marie weinte lauter.

„Es war aber jemand hier!" entgegnete sie trotzig. Susanne drückte fest die kleine Hand. Sie war sich ziemlich sicher, dass die kleine Marie nur einen schlechten Traum hatte, wollte ihr aber nicht widersprechen.

„Passt auf, ihr lasst die kleine Lampe an und die Tür bleibt offen, okay? Ich bin gleich nebenan. Wenn wieder etwas ist, ihr müsst nur rufen." Versuchte Susanne die Mädchen zu beruhigen. Hermine wirkte mittlerweile auch etwas verstört, Susanne wollte den beiden ihre Angst nehmen. Marie nickte.

„Okay."

Den Rest der Nacht schliefen alle drei sehr unruhig. Susanne war froh, als der Morgen kam und der Sturm, die Nacht und die Angst endlich vorbei waren.

Am darauffolgenden Montag kehrte Hermine am frühen Nachmittag aus der Schule zurück. Die wenigen Meter von der Bushaltestelle bis nach Hause traute ihre Mutter ihr inzwischen zu. Susanne musste heute bis 18:00 Uhr in der Arztpraxis arbeiten. An solchen Tagen ging Hermine nach der Schule oft zu einer ihrer Freundinnen, von denen immer ein Elternteil am Nachmittag zu Hause war. Leider hatte die beiden Familien ein Virus erwischt, sodass sie das kleine Mädchen heute nicht betreuen konnten. Susanne hatte keine andere Wahl, als ihrer Tochter den Haustürschlüssel zu geben und ihr zu vertrauen, dass sie in den drei Stunden, bis sie Feierabend hatte, allein zurechtkam. Hermine versprach ihrer Mutter, keine Dummheiten zu machen.

Die Kleine setzte sich an den Küchentisch, goss sich ein Glas Milch ein und zog ihr Deutschheft aus dem Schulranzen. Ihre Lehrerin, Frau Schuster, hatte den Kindern einen Lückentext zum Ausfüllen als Hausaufgabe erteilt. Hermine kramte ihren Füller aus der Federmappe und beugte sich über das Heft. Die spätherbstliche Sonne schien durch das Fenster auf den Tisch und spendete dem Mädchen ihr warmes Licht. Hermine arbeitete konzentriert und fügte die fehlenden Worte in den vorgegebenen Text ein. Während sie schrieb, bemerkte sie nicht, dass das Sonnenlicht einem dunklen Schatten gewichen war. Draußen vor dem Fenster hatte sich ein grauer Nebel gebildet, der sich mehr und mehr verdichtete.

Die Nebelschwaden formten sich zu einem finsteren Gebilde, das vor dem Küchenfenster waberte. Kaum noch ein Lichtstrahl fiel ins Innere des Raumes und nun bemerkte auch Hermine, wie dunkel es auf einmal geworden war. Sie rutschte vom Stuhl, um den Lichtschalter zu betätigen, als ihr Blick das Fenster traf. Panisch schrie das Mädchen auf, stand wie gelähmt neben ihrem Stuhl, unfähig, sich zu bewegen. Unter ihr bildete sich eine Pfütze; Hermine hatte sich vor Schreck in die Hose gemacht.

Wie hypnotisiert blickte Hermine auf die riesige, schwarz gekleidete Frau, die mit rotgeränderten Augen durch die Scheibe starrte. Ihr Kopf war in eine Art langes Tuch gehüllt, welches die Haare vollständig verbarg. Der Körper steckte in einem langärmeligen tiefschwarzen Kleid, das in der Taille von einer Kordel gehalten wurde. Um den Hals trug sie ein kleines hölzernes Kreuz. Hermine hatte so eine Bekleidung schon einmal gesehen, ihr fiel im Moment nur nicht ein, wo.

Die schwarze Frau starrte bewegungslos auf das Mädchen, das noch immer in heller Panik schrie und weinte.

„Mama! Mama...!" Hermine war verzweifelt. Was sollte sie nur so allein machen? Warum half ihr jetzt niemand?

Vollkommen auf sich allein gestellt, kam der Mut der Verzweiflung in ihr hoch und sie schrie die unheimliche Gestalt hinter der Scheibe an: „Hau ab! Geh weg! Verschwinde!" Das Gesicht der schwarzen Frau verfinsterte sich, sie zog die Lippen auseinander, die eine Reihe fast verfaulter Zähne zum Vorschein brachten und ein höllisches Fauchen entfuhr ihrer Kehle. Im nächsten Moment zerfiel die Gestalt in einzelne Nebelschwaden, die sich in Sekundenschnelle auflösten.

Hermine stand schwer atmend am Tisch, wischte sich die Tränen von der Wange und zitterte am ganzen Körper. Wenn doch nur Mama nach Hause käme! Eine Stunde später trat Susanne in die Wohnung und ihr völlig aufgelöstes Kind fiel ihr um den Hals.

„Mama... Mama..." weinte das Mädchen.

Susanne hielt ihre Tochter fest umarmt.

„Was hast du denn? Ist was passiert?" Noch immer ihre Mutter umklammernd, berichtete die kleine Hermine stotternd und weinend von den letzten Stunden. Susanne war erschüttert. So ganz konnte sie die Geschichte nicht glauben, aber die Kleine so verängstigt vorzufinden, traf Susanne. Sie machte sich Vorwürfe, ihre Tochter allein gelassen zu haben. Vielleicht war Hermine mit ihren acht Jahren doch noch nicht so weit.

Am anderen Morgen blieb der Platz neben Hermine im Schulbus leer. Ihre Freundin Marie, die den Sitz neben ihr sonst einnahm, stand nicht an der Haltestelle.

Eigentlich sei sie wieder gesund und habe sich von ihrer Übelkeit erholt, hatte ihre Mutter gestern per SMS mitgeteilt. Hermine hatte sie also heute wieder im Bus erwartet. *Vielleicht fährt ihre Mutter sie?*, ging es Hermine durch den Kopf. Leider erfüllte sich Hermines Hoffnung nicht, auch Maries Platz in der Schulbank sollte heute verwaist bleiben.

Das Mädchen starrte grübelnd aus dem Klassenfenster, konnte ihre Gedanken heute nicht ordnen. Die Ereignisse des gestrigen Tages spukten ihr noch immer durch den Kopf; sie hätte sie gern mit Marie geteilt. Warum nur kam sie heute nicht zur Schule? Marte, die hinter Hermine saß, bekam mit, dass ihre Klassenkameradin heute in sich gekehrt war, tippte ihr auf die Schulter und flüsterte: „Was ist denn los? Du bist heute so anders.“

Hermine drehte sich etwas erschrocken nach hinten und flüsterte zurück: „Alles in Ordnung. Ich vermisse nur Marie." Mit dieser Antwort war Marte zufrieden.

Am Nachmittag berichtete Hermine ihrer Mutter vom Nichterscheinen ihrer Freundin in der Schule. Sie machte sich Sorgen und bat die Mutter, bei Maries Eltern anzurufen und nachzufragen.

„Oh… verstehe. Das ist ja seltsam…" Hermine verfolgte das Telefongespräch aufgeregt mit und konnte kaum abwarten, den Grund für Maries Fehlen in der Schule zu erfahren.

„Naja, Hermine war gestern auch etwas komisch. Ich weiß nicht, was da… Ich kann dir das jetzt nicht am Telefon erklären, Franziska."

Hermine hüpfte unruhig neben ihrer telefonierenden Mutter hin und her, welche sie mit einem Handzeichen zur Ruhe ermahnte.

„Meinst du, dass Marie morgen zur Schule gehen kann?" Susanne nickte nur noch vielsagend, während am anderen Ende Maries Mutter ziemlich aufgeregt plapperte. Hermine konnte hiervon nichts verstehen. „Okay, dann grüß sie von uns. Bis dann…" Susanne drückte die rote Taste ihres Telefons und beendete hiermit das Gespräch. Hermine hielt es kaum noch aus. „Mama, was hat Marie? Kommt sie morgen wieder?"

Susanne zog ihre Stirn in Falten.

„Marie kommt morgen zur Schule, ja." Erleichtert atmete Hermine auf. Ihre Mutter umfasste Hermines Schultern und sah ihre Tochter mit ernstem Blick an. „Sagt mal, ihr beiden… habt ihr in letzter Zeit irgendwelche Gruselbücher angesehen oder heimlich solche Filme im Internet geschaut?"

Hermine verstand die Frage nicht.

„Wie… Gruselbücher? Wo denn? Wir haben keine. Und Filme im Internet? Wie sollten wir das machen? Ich hab noch nicht mal ein Handy!" empörte sich die kleine Hermine.

„Man kann sich ja alles ausleihen. Von älteren Schülern beispielsweise oder heimlich bei den Eltern. Ihr wart doch neulich auch alleine hier…"

Hermine wusste noch immer nicht, was ihre Mutter mit dieser Fragerei bezwecken wollte und hob die Schultern.

„Ich frage dich, weil auch deine Freundin gestern ein ähnliches Erlebnis hatte wie du."

„Waaaas?" entfuhr es Hermine. „Sie hat die schwarze Frau auch gesehen?"

Susanne nickte. „Ja. Und das hat sie so verstört, dass sie heute nicht zur Schule konnte. Marie hat die Nacht geweint, erzählte ihre Mutter."

Hermine war fassungslos. Am liebsten hätte sie sofort zum Telefon gegriffen und ihre Freundin angerufen, um mit ihr zu sprechen. Das würden ihre Mütter aber sicher nicht erlauben. So würde sich Hermine wohl bis morgen gedulden müssen.

Susanne ließ allerdings nicht locker.

„Es muss doch eine Erklärung geben. Ihr seht beide am gleichen Tag eine Spukgestalt, das kann doch kein Zufall sein!"

Mit großen Augen sah Hermine ihre Mutter an. Sie wusste ja selbst nicht, was hier vor sich ging, wie sollte sie dann ihrer Mutter etwas erklären?

Susanne sah ihrer Tochter die Ratlosigkeit an und beschloss, die Sache für heute auf sich beruhen zu lassen. Im Inneren hoffte sie, dass es sich um eine einmalige Geschichte handelte und der Spuk, im wahrsten Sinn, nun vorbei war.

Susannes Hoffnung schien sich zu erfüllen; die kommenden Tage verliefen ruhig. Keine schwarzen Frauen am Fenster, keine Kindertränen. Die Mädchen schienen die Ereignisse zu vergessen.

Der Monat November ging seinem Ende entgegen. Die Tage wurden merklich kürzer und kälter. Susanne saß am Abend im Wohnzimmer und überlegte, welchen Film sie heute ansehen wollte. Hermine hatte sie schon ins Bett gebracht; die Kleine schlief tief und fest. Während Susanne durch das Fernsehprogramm zappte, kam ihr der Gedanke, dass im Keller noch ein kleiner Weinvorrat stand. Sie beschloss, sich heute ein Glas zu gönnen. Susanne legte die Fernbedienung auf den Tisch und steuerte die Kellertür an. Sie öffnete sie langsam, damit das knarrende Geräusch, das die alte Tür immer verursachte, Hermine nicht aufweckte. Im spärlichen Licht der Kellerlampe stieg Susanne hinunter und freute sich auf ihren Lieblingswein. Die Flaschen im Regal waren mit einer dünnen Staubschicht bedeckt; Susanne hatte schon längere Zeit nichts mehr getrunken. Sie griff nach einer der vorderen Flaschen und freute sich auf das erste Glas des süffigen Getränks.

Als sie die Treppe erreichte, die wieder hinauf in den Wohnbereich führte, fiel ihr Blick nach rechts auf die Aussparung, in der sie vor einiger Zeit Gretes Karton abgestellt hatte. Die Kiste stand noch dort, jedoch anders, als Susanne sie deponiert hatte. Sie überlegte kurz, stellte dann die Weinflasche auf die Treppe und ging zum Karton. Trotz des matten Lichts fiel ihr auf, dass sich augenscheinlich jemand an der Kiste zu schaffen gemacht hatte. Sie war nur noch zur Hälfte in der Maueraussparung, jemand hatte sie ein großes Stück vorgezogen und nicht wieder vollständig zurückgestellt; die Schnur war nur

lose herumgelegt, der ehemals feste Knoten gelöst. Wer sollte das gewesen sein?

Hermine wusste nichts von Gretes Leihgabe; Susanne hatte ihrer Tochter nichts erzählt. Und was sollte die Kleine im Keller wollen?

Susanne zog den Karton aus seinem Versteck heraus und bemerkte sofort, dass der Inhalt fehlte. Das Gewicht hatte sich spürbar reduziert; sie hielt nur eine leere Verpackung in der Hand. In diesem Moment fielen ihr Gretes warnende Worte ein. Ein ungutes Gefühl überkam sie. Susanne stellte die Kiste auf den Boden und wollte wieder hinauf. Als sie die erste Treppenstufe erreichte, knallte die alte Holztür oben mit Schwung und ziemlich lautstark zu. Susanne erschrak. Sie griff nach dem Handlauf des Treppengeländers und wollte nur noch schnell nach oben, als die Beleuchtung wie von Geisterhand langsam schwächer wurde, als würde der Glühlampe die Kraft ausgehen.

„Bitte nicht ausgehen!", flehte Susanne die Kellerlampe an, als hoffte sie, dass diese sie verstünde. Nur noch die Umrisse der Stufen waren erkennbar, doch dies genügte, um sich nach oben vorzutasten. Susanne hatte die Tür fast erreicht und streckte schon ihre Hand nach der Klinke aus, als sich in der Mitte der Tür zwei rötliche Flecken bildeten. Sie schienen aus ihrem Inneren zu leuchten und veränderten sich in Sekundenschnelle.

Aus den Flecken formten sich zwei Augäpfel, deren riesige schwarze Pupillen Susanne fixierten. Ihr Herz schlug ihr bis zum Hals; sie konnte kaum noch atmen, und die Panik schnürte ihr den Oberkörper zu.

Ein tiefer Seufzer entrang der Kellertür, wie aus einem unsichtbaren Mund. Die Augen schienen nun zu glühen und füllten sich mit einer rotgelben Flüssigkeit, als wollten sie anfangen zu weinen. Wie Lava ergossen sich die rötlichen Tränen aus ihnen und bildeten einen kleinen Strom, der sich um Susannes Füße legte. Panisch versuchte sie auszuweichen, doch immer mehr Tränen rannen aus den Augen und flossen über die Treppe.

Hektisch sprang Susanne zur Seite und wäre beinahe ausgerutscht, konnte sich jedoch im letzten Moment noch am Geländer festhalten. Sie wollte schreien, aber aus ihrer Kehle kam kein Laut. Ihr Herz polterte und das hektische, flache Atmen drohte, ihren Kreislauf zum Erliegen zu bringen.

„Nein… bitte nicht…", hauchte sie in die Dunkelheit. Ein eisiger Hauch kroch von unten über die Treppenstufen zu ihr und erreichte ihre Beine. Die Panik in Susanne erreichte ihren Höhepunkt, ihr wurde schwindlig, ihre Beine

sackten weg und vor ihren Augen wurde es tief-
schwarz. Mit einem leisen Knall schlug sie auf
der Kellertreppe auf.

„Mama! Mama, wo bist du?" Wie aus weiter
Ferne hörte Susanne, dass man nach ihr rief. Mit
noch geschlossenen Augen versuchte sie zu ant-
worten.

Ein krächzendes, leises „Ja" kam über ihre Lippen, während sie langsam wieder zu Bewusstsein
kam. Ein Auge nach dem anderen öffnend, reali-
sierte Susanne, dass sie im Halbdunkel auf ihrer
Kellertreppe lag. Ihre Hüfte schmerzte; sie war
wohl beim Sturz auf sie gefallen. Ihre linke Hand
war mit getrocknetem Blut überzogen. Nur müh-
sam rappelte sich Susanne auf, während sie erneut die Rufe „Mama! Mamaaa!" hörte.

„Hermine!" schoss es Susanne durch den Kopf.
Sie musste ihren Sturz gehört haben und war auf-
gewacht.

„Hermine, hier! Ich bin hier!" Das Sprechen fiel
ihr schwer, ihr Hals fühlte sich vollkommen aus-
getrocknet an.

Mit einem Ruck flog die alte Holztür auf und
das Mädchen stand, fertig gekleidet, vor ihrer
Mutter.

„Mama, was ist denn passiert?" fragte die
Kleine erschrocken.

„Oh, ich bin gestürzt…", keuchte Susanne. „Hab wohl eine Stufe verfehlt."

„Hast du dir wehgetan?" Hermine war besorgt, als sie ihre Mutter auf wackeligen Beinen vor sich sah.

„Ach, halb so schlimm. Es geht gleich wieder." Susanne schloss die Tür hinter sich und sah ihre Tochter ungläubig an. „Warum bist du angezogen? Es ist doch mitten in der Nacht, du musst jetzt wieder ins Bett… komm, ich bring dich…"

Hermine stutzte. „Mama, es ist halb sieben! Ich muss gleich zur Schule!"

„Halb sieben? Wie… warum…"

Susanne hatte offensichtlich die ganze Nacht auf der Kellertreppe verbracht und konnte sich an nichts erinnern. Sie schlurfte in die Küche und ließ sich auf einen Stuhl fallen. Die kleine Hermine stellte den Wasserkocher an und pflückte einen Teebeutel aus einer Packung, die auf dem Schrank stand. Mit sicherem Griff öffnete sie die Tür des Hängebuffets und holte eine Tasse heraus.

„Du brauchst einen Tee, Mama. Was machst du denn auch spätabends im Keller?"

Susanne trank den heißen Tee, der ihre Lebensgeister langsam wieder erwachen ließ. Hermine versicherte ihrer Mutter, dass es heute besser sei, sie ginge allein zur Bushaltestelle. Die wenigen

Meter schaffe sie allein; Susanne solle sich lieber ausruhen.

Die Mutter drückte das Kind an sich und war in diesem Moment stolz auf ihre so verständige Tochter.

Zum Glück musste Susanne heute erst zur Spätschicht und konnte sich noch etwas von der ungemütlichen Nacht erholen. Nach einer ausgiebigen Dusche schlüpfte sie in frische Sachen und machte sich ein kleines Frühstück. Nach dem Einräumen der Spülmaschine ging sie in Hermines Zimmer, um das Bett zu machen und zu lüften. Nachdem sie das Bett geordnet und das Fenster wieder geschlossen hatte, beugte sie sich zum Boden, um die herumliegenden Puppen und Spielsachen aufzuheben und wieder an ihren Platz zu stellen. Hermine nahm es mit der Ordnung nicht so genau. Eine Barbie klemmte sie sich unter den Arm, eine große langhaarige Puppe sowie die Stoffpuppe, die ihr ihre Freundin Marie zum letzten Geburtstag geschenkt hatte, trug sie in beiden Händen und steuerte das Regal an, das hinter der Tür stand. Sie setzte die drei Spielsachen ab, brachte die beiden Plüschbären in eine ordentliche Sitzhaltung, als sie plötzlich stutzte. Die Stirn in Falten gezogen, beugte sich Susanne nach vorn und ihr Blick fiel auf einen Neuankömmling. „Wer bist denn du?“ schmunzelte sie und zog eine augenscheinlich sehr alte und mehr als einen halben Meter große Puppe aus der Reihe.

Mit einem weißen Leinenkleid bekleidet, trug sie ein eher schlichtes Outfit, hatte ein sehr feines Gesicht aus Porzellan, schlanke Arme und zarte Finger, die ebenso aus dem edlen Material bestanden. Die Füße steckten in weißen Lackschuhen, aus denen mit Spitze umrandete Söckchen schauten. Der absolute Traum waren allerdings die Haare der Puppe! Tiefschwarze, nach oben aufgesteckte, leicht antoupierte Locken, die das Volumen des Kopfes fast verdoppelten, faszinierten Susanne.

„Wow!" entfuhr es ihr. „Wo kommst du denn her?"

Sie setzte die junge Dame wieder zurück ins Spielregal und nahm sich fest vor, ihre Tochter am Abend danach zu fragen.

Um 18:00 Uhr hatte Susanne Feierabend, erledigte im Anschluss noch ihre Einkäufe und machte sich dann auf den Weg zu ihrer Freundin Franziska, der Mutter von Marie, um Hermine dort abzuholen. Franziska öffnete die Tür und bat ihre Freundin ins Haus. „Komm, du kannst gleich mitessen! Tobias hat gekocht; es gibt Nudelauflauf."

Susanne hatte sich eigentlich nicht auf einen Aufenthalt bei ihren Freunden eingerichtet, aber die beiden Mädchen kamen laut jubelnd die Treppe herunter, als das Wort „Nudelauflauf" fiel. Die Freude wollte Susanne ihnen nicht verderben, daher willigte sie ein.

Nach dem Essen half sie noch beim Abräumen und Küche putzen, danach mahnte sie Hermine, ihre Sachen zu holen; sie wollten nun aufbrechen. Widerwillig griff das Mädchen nach seinem Schulranzen, schlüpfte in die Stiefel und ließ sich von ihrer Mutter die Jacke anziehen. Nachdem sie Marie fest umarmt hatte, stiegen beide in Susannes Auto und machten sich auf die kurze Heimreise. Die Fahrt würde nur wenige Minuten dauern.

„Hermine… ich möchte dich etwas fragen." Susanne wollte die Gelegenheit nutzen, um ihre Tochter nach der Herkunft der schwarzhaarigen Puppe zu befragen.

„Ja?"

„Woher kommt denn die Puppe, die zwischen den anderen Spielsachen in deinem Zimmer sitzt? Ich habe sie heute Morgen entdeckt, als ich dein Bett gemacht habe."

Hermine errötete. Sie befürchtete, dass sie nach der Antwort gehörig ausgeschimpft würde.

„Hermine?" drängte die Mutter.

„Die Puppe?" zögerte die Kleine und hätte am liebtesten sofort das Thema gewechselt, ahnte aber, dass sich ihre Mutter nicht darauf einlassen würde.

„Genau, die Puppe! Woher hast du sie?"

„Ich… wir…", stammelte Hermine. „Die Puppe haben wir gefunden. Marie und ich." Das Mädchen hoffte fest, dass diese Antwort der Mutter genügen würde, was jedoch nicht der Fall war.

„Gefunden? Und wo?"

„In einem alten Karton… im Keller", kam leise die Antwort.

Susanne ging ein Licht auf. Der Karton im Keller, den sie für Grete aufbewahren sollte und der nicht geöffnet werden durfte! Susanne wusste gerade nicht, was sie denken sollte. Im Karton befand sich nur eine alte Puppe, sicher nicht ganz wertlos, aber auch keine Rarität. Warum um alles in der Welt machte Grete so ein Geheimnis daraus? Und warum beauftragte sie Susanne, diese bei sich einzulagern?

Die Fahrt war zu Ende; die beiden hatten ihr Zuhause erreicht. Hermine blickte ängstlich zu ihrer Mutter, erwartete nun irgendeine Strafe oder zumindest Schimpfe. Susanne saß immer noch grübelnd hinter dem Steuer und schaute geistesabwesend in die abendliche Dunkelheit. Die Kleine zog ihr am Ärmel. „Mama, alles okay?"

Susanne zuckte zusammen und wandte sich an ihre Tochter: „Ihr habt diese Puppe also aus der Kiste unten im Keller?" Hermine nickte, während die Mutter fortfuhr: „Dieser Karton gehört eigentlich Grete, du weißt, die ältere Dame, die am Ortseingang wohnt. Sie bat mich, ihn eine Weile für sie aufzubewahren. Was drin ist, hat sie mir nicht verraten, tat sehr geheimnisvoll. Ich dachte, es sei etwas Wertvolles und sie habe als alleinstehende Frau Angst vor Einbrüchen und hat ihn mir deshalb gegeben. Du hättest mich vorher fragen müssen, ob du die Kiste nehmen kannst, Hermine! Du weißt doch…"

Die Kleine nahm die Hand ihrer Mutter. „Ja, das weiß ich. Es tut mir auch sehr leid. Als du bei den Schönbohms warst und Marie und ich allein im Haus, bekamen wir Durst und sind in den Keller, um uns etwas zu Trinken zu holen. Dabei hat Marie den Karton entdeckt und war neugierig. Naja… ich auch", gab Hermine kleinlaut zu. „Wir fanden, dass es schade ist, die schöne Puppe unten im Keller zu lassen und haben sie mit in mein Zimmer genommen. Ich wusste ja nicht, dass sie Grete gehört."

Susanne sah ihre Tochter versöhnlich an. „Das konntet ihr nicht wissen. Ich wusste ja selbst nicht, was Grete mir da mitgab."

„Darf ich die Puppe behalten? Bitte, ja?"

„Sie gehört immer noch Grete. Sie wollte nicht, dass jemand den Karton öffnet, vielleicht ist sie verärgert, wenn sie erfährt, dass ihr es doch getan habt."

„Aber wir haben das nicht gewusst. Es ist doch auch nichts passiert, die Puppe ist nicht kaputt-gegangen und ich passe auch gut auf sie auf, ver-sprochen!", versprach Hermine.

Susanne war inzwischen aus ihrem Auto gestie-gen und suchte in ihrer Handtasche nach dem Haustürschlüssel. „Komm, Kind, es ist spät. Wir sprechen morgen darüber. Heute kann die Puppe erstmal in deinem Zimmer bleiben."

Bei diesen Worten strahlte die Kleine und hatte Hoffnung, dass die hübsche Klara, wie sie die Puppe getauft hatte, noch länger bei ihr bleiben durfte.

Susanne nahm sich beim Zubettgehen fest vor, Grete bei ihrer nächsten Begegnung auf die Puppe anzusprechen.

Die Adventszeit brachte dem Harz ein Winter-märchen. Die Tannen standen wie überzuckert in einer verzauberten Landschaft. Die Menschen waren fröhlich und stimmten sich auf die kom-mende Weihnachtszeit ein.

Hermine und ihre Freundinnen bastelten in der Schule kleine Geschenke für ihre Eltern.

Stolz vollendete Hermine einen Weihnachtsbaum aus Tujazweigen, die zu einem Bündel geschnürt kopfüber an einem kleinen Ästchen hingen. Sie dekorierte das Kunstwerk mit kleinen Strohsternen und konnte es kaum abwarten, es ihrer Mutter zu schenken. Die würde staunen!

Am zweiten Advent hatte Susanne ihre beste Freundin Franziska, deren Mann Tobias und Marie zum Essen eingeladen. Hermine freute sich darauf, wieder einmal ausgiebig mit ihrer Freundin spielen zu können. Nach dem festlichen Brunch gab es noch selbstgebackenen Kuchen; Susanne hatte sich alle Mühe gegeben, ihre Freunde zu verwöhnen.

Die Mädchen spielten ausgelassen in Hermines Zimmer und ließen sich nur zum Essen blicken. Ihre Eltern hatten endlich einmal Zeit, zu plaudern und in alten Erinnerungen zu schwelgen. Susanne und Franziska kannten sich schon seit ihrer Kindheit.

Am Abend verabschiedeten sich die Freunde; Hermine winkte ihnen hinterher und war nach dem langen Tag müde. Susanne machte sie bettfertig und Hermine ging, für sie eher unüblich, gleich schlafen.

Im Fernsehen lief eine Komödie. Susanne hatte es sich auf ihrer Couch gemütlich gemacht und freute sich auf einen entspannten Abend.

Vor ihr stand ein Glas Rotwein und eine Schale mit Knabberzeug. Sie nahm das Glas, trank einen ersten Schluck, als aus dem Kinderzimmer ein ohrenbetäubender Knall jäh die abendliche Ruhe unterbrach. „Hermine!!" schoss es Susanne durch den Kopf. In diesem Moment hörte sie ihre Tochter schon fürchterlich schreien. Susanne sprang vom Sofa, setzte im Sprung das Weinglas auf dem Tisch ab und stürzte in Richtung Kinderzimmer. Die Tür war nur angelehnt; Susanne warf sie auf und fand ihre Tochter laut schreiend und weinend in ihrem Bett stehen.

„Hermine, was ist passiert?" wollte die Mutter wissen und riss die Kleine an sich. Hermine brachte vor lauter Weinen kein Wort heraus und klammerte sich fest an ihre Mutter. Ihre Tochter auf dem Arm, sah sich Susanne im Kinderzimmer um, in der Hoffnung, die Ursache des Knalls zu entdecken. Der Lautstärke nach musste ein größeres Möbelstück umgefallen sein oder Ähnliches. Aber alles stand an seinem Platz. Mit dem Kind auf dem Arm ging Susanne zum Fenster und schob die Gardine ein Stück zur Seite. Vielleicht kam das Geräusch auch von der Straße? Aber auch hier konnte sie nichts

Außergewöhnliches feststellen. Alles war ruhig, wie es in dem kleinen Harzdörfchen um diese Zeit üblich war.

Die Mutter unternahm einen neuen Versuch, etwas aus ihrer kleinen Tochter herauszubekommen. Hermine schrie nicht mehr, schluchzte aber immer noch in den Armen ihrer Mutter.

„Was war denn los? Woher kam der laute Knall?" wollte Susanne wissen.

„Ich… ich… weiß… nicht", schluchzte Hermine. „Es hat… ganz plötzlich ge… gerumst… und ich… bin auf… gewacht."

Susanne erinnerte sich in diesem Moment an ihr Erlebnis neulich im Keller und auch an das Erscheinen der schwarzen Frau, die Hermine vor einiger Zeit am Küchenfenster gesehen hatte. Was ging hier vor sich? Spielte ihnen ihr Verstand einen Streich?

Auf keinen Fall wollte Susanne jetzt hysterisch werden und versuchte, sich zu entspannen. Schlimm genug, dass ihre Tochter völlig aufgelöst war. Es war jetzt ihre Aufgabe als Mutter, sie zu beruhigen.

Sie stellte das Mädchen zurück auf ihr Bett, wo das Mädchen sofort lautstark protestierte. „Ich schlaf hier nicht weiter! Ich hab Angst alleine!"

Susanne strich Hermine über den Kopf. „Beruhige dich. Du darfst bei mir schlafen! Ich möchte nur noch mal nachsehen, was das Geräusch verursacht haben könnte!"

Hermine war erleichtert bei der Aussicht, den Rest der Nacht nicht allein in diesem Zimmer verbringen zu müssen.

Susanne suchte das Zimmer ab, schaute in alle Ecken, in den Schrank, unter das Bett. Nirgends konnte sie auch nur die kleinste Spur einer Veränderung entdecken, alles stand und lag an seinem Platz.

Ihre eigene Aufregung versuchte Susanne zu verbergen, um ihre Tochter nicht weiter zu verängstigen, aber innerlich wusste sie, dass hier irgendwas ganz und gar nicht stimmte.

Die beiden kuschelten sich aneinander, zum Glück war Susannes Bett recht groß und bot genug Platz für zwei. Hermine hatte sich schnell wieder beruhigt, die Anwesenheit ihrer Mutter gab ihr Sicherheit. Susanne hingegen fand keinen Schlaf. Die Gedanken wirbelten durch ihren Kopf; sie grübelte über die Geschehnisse der letzten Wochen nach.

Der Mond schien durch ihr Fenster, was Susanne etwas Erleichterung brachte, denn ihr Schlafzimmer wurde so ein klein wenig erleuchtet. Vollkommene Dunkelheit hätte sie heute beunruhigt.

Sie warf einen Blick auf den Wecker; er zeigte 1:00 Uhr an. Hermine atmete gleichmäßig, das Mädchen war fest eingeschlafen.

Ein leichter Schneefall überzog die Straßen von Alexisbad mit einer weißen Schicht. Leise und friedlich fielen die Flocken vom Himmel. Die Tannen und Fichten schienen zu schlafen, der nahegelegene Wald war in nächtliche Stille gehüllt; nichts schien die winterliche Ruhe stören zu können.

Ebenso geräuschlos machte sich ein dunkler nebelartiger Schatten aus dem Dickicht des Waldes auf den Weg in Richtung des Ortes. Die schwarze Masse schwebte zielsicher an den Häusern vorbei, als wisse sie genau, wohin sie wollte. Vor den Fenstern eines gelb gestrichenen Hauses machte der Nebel Halt. Die dunkle Masse verdichtete sich, als formten sich die Nebeltropfen zusammen. Eine Silhouette von beachtlicher Größe entstand, deren Verwandlung noch nicht vollendet schien. Die einzelnen Nebelschwaden wurden zu einem Körper, ein Torso mit langen Armen, darüber bildete sich ein Kopf. Die Beine, die von einem langen schwarzen Kleid größtenteils verdeckt waren, schwebten über dem Boden.

Die Gestalt war mit Sicherheit zwei Meter groß, vollkommen in Schwarz gekleidet, ihr Haupt von einer tuchartigen Kopfbedeckung umhüllt. An ihrem Hals hing eine Kette, an der ein hölzernes Kreuz baumelte.

Susanne war inzwischen eingeschlafen und bekam nicht mit, was sich vor ihrem Fenster abspielte.

Die dunkle Gestalt stieß ein kehliges Fauchen aus und berührte mit ihrer rechten Hand die Fensterscheibe. Sofort bildete sich eine Schicht aus Eis. Mit ihren langen Nägeln fuhr sie an der Scheibe entlang, was ein fürchterliches Geräusch verursachte. Die rotgeränderten Augen starrten durch das Glas und musterten den Raum. Die Gardine im Inneren war nicht ganz zugezogen und so erspähte das unheimliche Wesen Mutter und Kind in ihrem Bett. Beide schliefen tief und fest und bemerkten nicht, dass sie nicht mehr allein waren.

Der ungebetene Gast ließ seinen Blick durch den Raum wandern, als sei er auf der Suche nach etwas Bestimmtem. Seine Augen stoppten und hatten offensichtlich das Objekt seiner Begierde gefunden. Sie fixierten eine Puppe, die im Spielzeugregal neben der Tür saß. Klara! Als der Blick der schwarzen Frau die Puppe traf, leuchteten ihre Augen auf und es begann eine stille Kommunikation zwischen den beiden. Mehrere Minuten verharrten sie im wortlosen Austausch, als hätten sie sich eine Menge zu erzählen. Nach einer Weile erloschen Klaras Augen und sie wurde wieder zum harmlosen Spielzeug, das zwischen anderen Stofftieren und Puppen saß.

Die schwarze Frau musterte noch einmal Susanne und ihre Tochter, die im Schlaf von alledem nichts mitbekamen. Als sei ihre Aufgabe für diese Nacht erfüllt, löste sich die dunkle Gestalt nach und nach wieder auf und schwebte als finsterer Nebel zurück in Richtung des Waldes. Die Bäume schienen die Nebelschwaden zu verschlucken und der kleine Harzort verfiel wieder in einen friedlichen Schlaf.

Die letzten Tage kurz vor dem Weihnachtsfest waren, wie zu erwarten, ziemlich hektisch. Es gab viel zu erledigen und das eine oder andere Geschenk musste auch noch besorgt werden. Susanne hatte vollkommen vergessen, dass sie Grete nach der Herkunft der Puppe fragen wollte.

Über die Feiertage hatte Susanne ihre Eltern eingeladen, die in Berlin wohnten. Hermine freute sich darauf, ihre Großeltern endlich wieder zu sehen und war natürlich auch gespannt, was die beiden ihr als Geschenk mitbringen würden. Das Gästezimmer wurde für die Großeltern hergerichtet und es breitete sich bei Susanne und Hermine eine festliche Vorfreude aus. Das Haus war liebevoll dekoriert und auch im Vorgarten leuchtete ein geschmückter Weihnachtsbaum.

Die Weihnachtsferien waren angebrochen, Hermine konnte nun endlich ausschlafen und auch Susanne hatte bis zum neuen Jahr Urlaub. Hermine schlief weiterhin im Bett ihrer Mutter; im dunklen Kinderzimmer fühlte sie sich seit den unerklärlichen Ereignissen nicht mehr wohl.

Einen Tag vor Heiligabend reisten die Großeltern an. Die kleine Hermine stürmte voller Freude aus dem Haus, als das Auto vorfuhr. „Oma! Opa!" jubelte sie den beiden entgegen.

Senta und Friedrich Kohlenbrenner strahlten, als sie ihre Enkelin in die Arme rissen. „Du bist ja groß geworden!"

Susanne war ihrer Tochter gefolgt und begrüßte nun auch ihre Eltern. „Schön, dass ihr da seid! Wie war die Fahrt?"

Nachdem das Gepäck ins Haus getragen und die Großeltern ihr Zimmer bezogen hatten, trafen sich alle unten auf eine Tasse Tee. Hermine zog ungeduldig ihre Großmutter am Arm und wollte ihr ihr Kinderzimmer zeigen. „Oma, komm mit! Ich zeige dir, wie toll ich mein Zimmer für dich aufgeräumt habe!"

In Wahrheit wollte die Kleine ihre Oma eine Weile nur für sich haben. Senta erhob sich und ließ sich bereitwillig von ihrer Enkeltochter in deren Zimmer ziehen.

„Tatsächlich!" lobte sie das Mädchen. „Das sieht ja hier sehr ordentlich aus! Wie ich sehe, hast du ja jede Menge Spielzeug. Da muss dir der Weihnachtsmann gar nichts Neues mehr bringen…"

„Neiiin!" protestierte Hermine sofort. „So viel ist das gar nicht! Ich habe mir doch ein neues Puppenhaus gewünscht und dem Weihnachtsmann extra einen Brief zum Nordpol geschrieben! Meinst du, er hat ihn auch bekommen?"

Senta lächelte. „Natürlich hat er ihn bekommen! Und mit Sicherheit auch gelesen!" Die Großmutter verschwieg, dass die Weihnachtspost heimlich von Susanne an sie weitergeleitet wurde und das ersehnte Puppenhaus bereits im Kofferraum ihres Autos wartete.

„Möchtest du dir meine Puppen mal ansehen?" wollte Hermine wissen.

Senta Kohlenbrenner erhob sich. „Aber sicher! Wie heißen die denn alle?"

Hermine führte ihre Großmutter zu ihrer Puppenecke. Dort saß ordentlich in Reih und Glied Hermines ganzer Stolz. „Das ist Friederike!" Die Kleine zog eine mittelgroße Puppe mit langen braunen Zöpfen aus der Reihe. „Und das hier ist Emily!" Sie drückte der Großmutter eine kleine Stoffpuppe in die Hand, die sie zu ihrem letzten Geburtstag von ihrer Freundin Marie bekommen hatte.

„Oh, die ist hübsch!" freute sich Senta. Danach wurden ihr noch die anderen Puppen vorgestellt.

„Und wie heißt diese da?" Senta wies auf die schwarzhaarige Puppe in der Mitte. „Die heißt Klara! Die ist schön, nicht wahr?" antwortete Hermine stolz. „Allerdings! Woher hast du sie?" Senta zog die Puppe aus der Reihe der anderen. „Scheint schon recht alt zu sein. Wunderschön!" Hermine nickte zustimmend. „Marie und ich haben sie in unserem Keller gefunden. Mama sollte sie für eine Nachbarin aufbewahren. Die wollte sie nicht mehr." Ungläubig schaute Senta ihre Enkelin an. „Ist das zu glauben? So ein Meisterwerk gibt man doch nicht weg und legt sie schon gleich nicht in den Keller! Deiner Mutter fehlt auch der Sinn für das Alte und Schöne. Heb sie gut auf, Hermine!" wies Senta ihre Enkelin an und setzte die Puppe wieder ins Regal zurück.

Nach dem Mittagessen fühlte sich Senta etwas unwohl. „Ich lege mich mal eine Stunde hin", entschuldigte sie sich bei ihrer Familie. „Die lange Fahrt war mir sicher zu anstrengend." Susanne machte sich Sorgen um ihre Mutter. „Du wirst doch nicht krank? Jetzt an den Feiertagen?" Senta schüttelte den Kopf.

„Ach was. Ich ruhe mich kurz aus und nachher bin ich wieder fit." Mit diesen Worten stieg sie die kleine Holztreppe hinauf ins Obergeschoss, in dem sich das Gästezimmer befand.

Zur Kaffeezeit war Senta noch immer nicht vom Mittagsschlaf zurück und die anderen begannen, sich Gedanken zu machen. Friedrich sah auf seine Armbanduhr. „Seltsam, sie ist schon über zwei Stunden oben. Ich werde mal nach ihr sehen." Der Großvater erhob sich aus dem Sessel und machte sich auf den Weg in die obere Etage. Die Holztreppe knarrte und knarzte, als Friedrich Kohlenbrenner nach oben lief.

„Susanne!!" tönte der Schrei des Großvaters durchs Haus. Susanne schnitt gerade in der Küche den Kuchen auf, den es gleich geben sollte. Als sie ihren Vater rufen hörte, warf sie das Messer in die Spüle und stürzte die Treppe hinauf. Sie stürmte ins Gästezimmer, wo sie Friedrich am Bettrand sitzend neben seiner Frau vorfand, die nach wie vor im tiefen Schlaf lag.

„Susanne, hier stimmt was nicht!" Friedrich klopfte seiner Frau fortwährend auf die Wange. Senta reagierte nicht. „Sie ist ganz blass und heiß."

Susanne beugte sich über ihre Mutter. Sie lag regungslos im Bett. Susanne schob ihr den Ärmel etwas nach oben, um ihren Puls zu fühlen.

„Was ist das?" Fragend starrte sie auf den Unterarm ihrer Mutter. Friedrich betrachtete verwundert den rechten Arm seiner Frau.

„Keine Ahnung. Das hatte sie heute Morgen noch nicht!"

An Sentas Unterarm zeichnete sich eine frische Bisswunde ab. Zwei Zahnreihen waren deutlich erkennbar, der Größe nach zu urteilen, entstanden durch das Gebiss eines kleineren Menschen, vielleicht eines Kindes. Die Familie war ratlos. Woher sollte der Biss stammen? Weder die Großeltern noch Susanne hatten Tiere im Haushalt und auch unterwegs auf der Fahrt in den Harz hatte das Ehepaar keinen Kontakt zu irgendjemandem. Vorsichtig fragte Friedrich: „Ob Hermine sie vielleicht…?"

Susanne sah ihren Vater entsetzt an.

„Also wirklich! Was denkst du von deiner Enkeltochter! Sie liebt ihre Oma über alles. Warum sollte sie sie beißen?" Friedrich zuckte mit den Schultern.

„Du hast ja recht. Das war ein dummer Gedanke. Ich kann mir das alles nur nicht erklären. Sie war heute Morgen vollkommen gesund und hat sich so auf euch gefreut. Was ist denn nur passiert?" Susanne zog ihre Stirn in Falten.

„Wenn ich das wüsste… Wir müssen auf jeden Fall den Arzt alarmieren. Mir gefällt das ganz und gar nicht!"

In diesem Moment stand Hermine in der Tür und sah, dass es ihrer Oma schlecht ging. Hermine begann zu weinen.

„Was ist mit Oma? Ist sie krank?" schluchzte das Mädchen. Susanne nahm die Kleine in den Arm. „Es sieht so aus. Sie muss schnell ins Krankenhaus."

Der Rettungswagen hielt eine knappe halbe Stunde später am Haus. Der Notarzt vermutete eine Sepsis aufgrund des Bisses und die beiden Sanitäter luden Senta in den Krankenwagen. „Sie muss schnellstens in die Klinik!", wies der Arzt die Sanitäter an.

Mit Sirene und Blaulicht raste der Wagen mit seiner Patientin in Richtung Krankenhaus. Die übrige Familie blieb ratlos zurück. Niemand konnte sich erklären, woher der Biss an Sentas Arm stammte. Das Weihnachtsfest schien ins Wasser zu fallen, doch die Sorge um Senta war noch größer. Friedrich suchte im Gästezimmer einige Sachen seiner Frau zusammen, die er ihr gleich in die Klinik bringen wollte. Seine Gedanken kreisten; Friedrich konnte keine Erklärung für das Geschehene finden und machte sich selbst Vorwürfe, womöglich etwas übersehen zu haben. Ein lauter Aufschrei aus der unteren Etage riss Friedrich aus seinen Gedanken. Sofort ließ er den Morgenmantel seiner Frau fallen, den er gerade in ihre Tasche packen wollte und stürmte eilig die Treppe herunter. Seine Tochter stürzte gerade ins Kinderzimmer, in dem Hermine mit der Puppe Klara auf dem Arm und entsetztem Blick stand.

„Was ist los, Hermine? Was ist passiert?", keuchte der Großvater, als er atemlos im Erdgeschoss ankam.

Hermine hielt ihm und Susanne ihre Puppe entgegen. Klaras Mund war mit Blut verschmiert.

Es läutete Sturm an Grete Landgrafs Haustür. Susanne drückte immer wieder den Klingelknopf und hämmerte mit der rechten Faust an die Tür. „Grete!! Mach auf!", rief Susanne laut und hämmerte weiter. „Grete, bist du da?"

Im Inneren des Hauses war es still. Es brannte auch kein Licht, wahrscheinlich war die alte Dame über die Feiertage weggefahren.

Nach einigen Minuten brach Susanne ab. Sie musste es nach dem Fest noch einmal versuchen.

Ihre Gefühle waren in diesem Moment ein Wechselbad von Ärger, Wut, Traurigkeit, Machtlosigkeit und Entsetzen.

Friedrich fuhr zu seiner Frau in die Klinik, Susanne blieb bei Hermine zu Hause. Sie wollte die Kleine in diesem Spukhaus nicht allein lassen. Ihr Vater versprach, sich sofort mit dem Handy zu melden, sobald er mit den Ärzten gesprochen hatte und es Neuigkeiten gab.

Es war schon nach 21:00 Uhr, als Susannes Handy klingelte. „Papa? Was gibt's Neues? Was sagen die Ärzte? Wie geht es Mutti?", fragte Susanne aufgeregt und ließ ihren Vater kaum zu Wort kommen.

„Sie ist bei Bewusstsein, Gott sei Dank. Es ist tatsächlich eine Blutvergiftung, verursacht durch den Biss. Über Weihnachten muss sie leider in der Klinik bleiben, die Behandlung darf nicht unterbrochen werden. Wir dürfen sie aber jederzeit besuchen", berichtete der Vater.

Susanne atmete erleichtert auf. Es ging ihrer Mutter besser, das waren erstmal gute Nachrichten. Hermine war in ihren Armen eingeschlafen. Sie trug die Kleine in ihr Bett. Sie würde ihr morgen früh alles erzählen. Susanne hoffte, dass das Weihnachtsfest für ihre Tochter durch das Ereignis nicht vollends verdorben war.

Klara verbrachte die Nacht nicht mehr im Haus. Susanne hatte die Puppe zurück in den Karton getan, wieder verschnürt und in den Holzschuppen gestellt. Sie wollte dieses unglücksselige Spielzeug nicht länger im Haus haben.

Die Festtage verbrachten die drei abwechselnd zu Hause und in der Klinik bei Senta. Die Behandlung schlug gut an und die Sepsis klang ab. Die Ärzte waren guter Hoffnung, dass Friedrich seine Frau vor dem Jahresende wieder mit nach Hause nehmen konnte. Hermine bekam ihr sehnsüchtig gewünschtes Puppenhaus. Sie freute sich sehr darüber, war aber traurig, dass sie das Fest ohne ihre geliebte Oma verbringen musste.

An Silvester wurde Senta aus dem Krankenhaus entlassen und die Großeltern traten auch sogleich die Rückreise nach Berlin an. Susanne umarmte ihre Eltern und ein paar Tränen kullerten ihr über die Wange. „Ich habe mir euren Aufenthalt anders vorgestellt."

Senta strich ihrer Tochter über die Haare. „Ich weiß. Wir wollten auch ruhige Tage mit euch verbringen. Zum Glück geht es mir wieder besser. Es ist mir unerklärlich, wie diese unsägliche Puppe... Susanne, du musst mir versprechen, dass du mit dieser Grete ein ernstes Wort redest! Sie muss doch davon gewusst haben!"

Susanne nickte. „Das werde ich, Mama. Verlass dich drauf. Sie wird mir Rede und Antwort stehen!"

Der Großvater wirbelte zum Abschied die kleine Hermine durch die Luft, die ebenfalls traurig war, dass ihr Opa und ihre Oma wieder heimfuhren. „Du besuchst uns bald, hörst du? Im Frühling, einverstanden?" versuchte Senta, ihre Enkelin aufzumuntern. Hermine gab ihrer Oma einen Kuss und nickte eifrig. „Ich komme, versprochen!"

Das neue Jahr begann stürmisch und mit leichten Minusgraden. Nach dem späten Frühstück warf sich Susanne ihre Jacke über, zog auch Hermine ihren Mantel an, setzte ihr eine Mütze auf und beide machten sich erneut auf den Weg zu Grete Landgraf.

Nach dem zweiten Läuten öffnete Grete und schaute in das ziemlich finster blickende Gesicht von Susanne. „Susanne? Hermine? Ein frohes neues Jahr wünsche ich euch. Was führt euch zu mir?"

Grete bat die beiden Besucherinnen in ihr Wohnzimmer und bot ihnen einen frisch gebrühten Kräutertee an. Susanne lehnte ab.

„Grete, wir müssen reden!", sagte Susanne ernst.

Die ältere Dame ahnte bereits, um was es sich handelte. „Der Karton? Ihr habt ihn geöffnet?", fragte Grete und sog laut hörbar den Atem ein.

Susanne erzählte ihrer Nachbarin in allen Details, was sich zugetragen hatte, von der Entdeckung des versteckten Kartons im Keller durch Hermine und Marie bis hin zum Krankenhausaufenthalt ihrer Mutter, verursacht durch den Biss der Puppe.

Grete hörte schweigend zu. Susanne endete mit dem Satz: „So, Grete, nun erzählst du uns bitte, was es mit dieser Puppe auf sich hat und warum wir sie für dich aufbewahren sollten!"

Grete nahm einen Schluck Tee, atmete tief ein und begann zu erzählen: „Es begann alles im Herbst, als durch den Sturm der Strom ausfiel. Ich wollte meine Wäsche, die auf dem Dachboden hing, abnehmen und ging mit einem Kerzenhalter hinauf. Mich überkamen plötzlich Kälteschauer, die ich mir nicht erklären konnte. In einem kleinen Verschlag, aus dem die kalte Luft kam, entdeckte ich diese alte, wunderschöne Puppe. Ich erinnerte mich, dass meine Großmutter sie einst besessen hatte; sie bekam sie als Kind vom Besitzer eines der Hotels geschenkt. Irgendwann landete sie dann auf dem Dachboden, wann genau, das weiß ich nicht mehr. Dort geriet sie im Laufe der Jahre in Vergessenheit. Als ich sie an diesem Herbstabend aus dem Stuhl, in dem sie saß, nehmen wollte, bekam ich plötzlich einen Schlag und fiel zu Boden. Nach einer Weile kam ich wieder zu mir und traute meinen Augen nicht; im Stuhl saß eine übernatürlich große Nonne im langen schwarzen Habit und mit rotleuchtenden Augen, die die Puppe in ihren Armen hielt. Diese Nonne hatte etwas Gruseliges an sich, sie wirkte, als sei sie nicht von dieser Welt und strahlte eine eisige Kälte aus. Während sie die Puppe hielt, summte sie leise ein Wiegenlied."

Hermine war bei diesen Worten aufgesprungen und es schoss aus ihr heraus: „Du hast die schwarze Frau auch gesehen?"

Grete schaute die Kleine entsetzt an. „Du auch?"

Hermine nickte heftig. „Ja, sie sah in unser Küchenfenster. Ich habe mich fürchterlich erschrocken!"

Grete tätschelte Hermines Hand. „Das will ich dir glauben. Sie bot einen scheußlichen Anblick."

„Was hat es mit dieser Nonne auf sich?", unterbrach Susanne sie.

Grete fuhr fort: „Zunächst wusste ich es auch nicht. Für mich bestand kein Zweifel, dass diese Puppe irgendwas mit ihr zu tun haben musste. Sie saß in diesem alten Stuhl und wiegte die

Puppe wie ihr eigenes Kind. Ich traute mich nicht, mich zu bewegen, hatte Angst vor diesem unheimlichen Wesen und überlegte, wie ich ihr entkommen könnte. Plötzlich kam der Strom wieder, die Lampe auf dem Dachboden ging an und erhellte den Raum. Die Nonne stieß einen grauenhaften Schrei aus, als würde ihr das Licht Schmerzen bereiten, löste sich vor meinen Augen in zahlreiche Nebelschwaden auf und verschwand. Die Puppe ließ sie auf dem Stuhl zurück. Noch in der Nacht durchsuchte ich den Dachboden nach weiteren Utensilien, die mir Aufschluss über die Puppe, die Nonne und das Geschehen in meinem Haus geben könnten. In einem der alten Koffer fand ich schließlich ein Tagebuch meiner Großmutter, die früher auch hier gewohnt hatte. Darin stand, dass meine Großmutter Johanna die Puppe als Kind vom Hotelier des damaligen Hotels ‚Försterling‘ geschenkt bekommen hatte. Meine Großmutter war mit dessen Tochter Florentine befreundet. Florentine saß im Rollstuhl und war wohl immer etwas kränklich. Meine Großmutter Johanna kümmerte sich um sie, fuhr sie durch den nahen Wald und las ihr oft Bücher vor. Als Dank für ihre Mühe und Treue erhielt sie von Florentines Vater die damals schon recht wertvolle Puppe. Das Tagebuch berichtet, dass kurz nach dem Einzug der Puppe in dieses Haus zu spuken begann, ähnlich wie bei euch jetzt, Susanne. Eine schwarze Nonne erschien des Öfteren und versetzte die Familie in Angst und Schrecken. Zunächst brachte niemand das Spielzeug mit den Ereignissen in Verbindung, aber als meine Urgroßmutter Josefa, die Mutter von Johanna, darauf kam, dass mit dem Einzug der Puppe auch die unheimliche Nonne regelmäßig erschien, lag es auf der Hand. Die Nonne und diese Puppe mussten in irgendeiner Verbindung stehen. Josefa kontaktierte daraufhin den Pfarrer und bat ihn um Rat. Die beiden führten wohl ein ziemlich langes Gespräch. Der Pfarrer war nicht überrascht, eine solche Geschichte zu hören. Immer wieder traten Bewohner des Ortes an ihn heran und baten ihn um Hilfe. Die schwarze Nonne suchte seit vielen Jahren immer wieder die Menschen, die in Alexisbad wohnten, auf und trieb in den Häusern ihr Unwesen."

Susanne unterbrach Grete erneut. „Meinst du, sie hat etwas mit dem alten Kloster zu tun, welches es im frühen Mittelalter hier im Ort gab?" Grete nickte. „Ja. Warte, ich erzähle weiter. Meine Großmutter hat alles detailgetreu in ihren Aufzeichnungen festgehalten. Ich habe fast die ganze Nacht in ihren Tagebüchern gelesen!" Grete schenkte sich noch Tee nach und fuhr mit ihren Erzählungen fort. „Der Pfarrer blätterte in alten

Aufzeichnungen und Kirchenchroniken. Hierin war vermerkt, dass es im Mittelalter eine sehr bekannte Hexe hier in der Gegend gab. Unseren Ort gab es zu dieser Zeit noch nicht, der Harz war eher dünn besiedelt", warf Grete ein. „Der Name der Hexe war Medea. Sie war in Kräuterkunde vertraut, galt als wissenskundige Heilerin, war aber auch dem Okkulten sehr offen. Es wurde berichtet, dass sie häufig, meist bei Vollmond, Rituale unter freiem Himmel vollzog. Sie hatte hierfür einen eigenen Ritualplatz, dem sie eine besondere Energie zuschrieb. Die Menschen schätzten sie aufgrund ihres Heilerwissens, denn Ärzte waren Mangelware in dieser Zeit. Medea galt als sehr zuverlässig und verzeichnete gute Erfolge bei der Behandlung verschiedenster Erkrankungen oder Verletzungen. Sie ließ sich meist mit Naturalien entlohnen – ein paar Äpfel, etwas Brot oder Wein, was die armen Leute geben konnten. Für Medea genügte dies, sie lebte bescheiden und versorgte sich selbst mit den Gaben der Natur. Somit war sie weiträumig mehr als beliebt, allerdings hatten die Menschen auch ziemlichen Respekt vor ihr, manche auch Angst, da man ja nicht verstand, was sie in den Vollmondnächten auf den Wiesen so trieb", wusste Grete weiter zu berichten.

„Die weiteren Ereignisse stammen aus alten Aufzeichnungen der Leute von damals. Das heißt, so oder so ähnlich hatte es sich zugetragen. Die ganze Geschichte hat wohl seinerzeit viel Aufsehen erregt und ist deshalb von den Wenigen, die schreiben konnten, zu Papier gebracht worden. Die Kirche hat alles bis heute aufbewahrt. Eines Tages klopfte es an der Tür ihres kleinen Häuschens. Medea öffnete und vor ihr stand ein katholischer Würdenträger. Medea erkannte dies anhand seiner Kleidung, die aus edlen Stoffen, einem pelzbesetzten Umhang und einem goldenen Kruzifix bestand. Es war kein Geringerer als der Bischof selbst und dieser kam sofort zur Sache: ‚Weib, der heilige Stuhl erwartet ein Zeichen eures Glaubens von euch! Ihr müsst der heiligen Mutter Kirche einen überaus wichtigen Dienst erweisen. Es soll euch zum Vorteil gereichen!‘, begann der Katholik den Grund seines Erscheinens zu erläutern. Gleichzeitig drängte er sich an Medea vorbei und trat in die winzige Stube. Medea verfolgte ihn wortlos mit den Augen. Der Bischof zog unter seinem Umhang einen kleinen Lederbeutel hervor, öffnete mit einem Zug die Verschnürung und ließ den Inhalt auf den schäbigen Holztisch, der unter dem Fenster stand, fallen. Es purzelten zehn silberne Münzen heraus.

„Das Geld gehört euch!", fuhr der Geistliche fort. „Für eine Frau eures Standes sicher ein Vermögen, nicht wahr? Die Kirche zeigt sich stets großzügig mit den ihren, meint ihr nicht, Frau?" Medea zuckte wortlos mit den Schultern, da sie noch nicht wusste, welche Gegenleistung man von ihr dafür verlangte.

Der Bischof schritt in der winzigen Stube vielsagend auf und ab und ergriff erneut das Wort. „Nun, man erwartet ausgesprochen wenig von euch, fast nichts. Der heilige Stuhl geht davon aus, dass ihr seinem bescheidenen Wunsch entsprechen werdet. Es erweist sich als nötig, dass ihr euer... nun ja... viel zu kleines und... äh... auch sehr verbesserungswürdiges Heim aufgebt. Die Kirche möchte euch dafür natürlich entschädigen. Wie ihr seht, Frau..."

Medea war außer sich. „Was verlangt ihr von mir? Ich soll mein Heim an euch abtreten? Für ein paar lächerliche Taler?"

Mit einigem Widerstand hatte der Bischof schon gerechnet, galt doch diese Kräuterfrau als sehr eigensinnig. Aber auch hierfür war der Geistliche vorbereitet. „Nun, gute Frau, wir können uns heute in Frieden einigen; ihr nehmt das Geld und zieht von dannen oder der heilige Vater erfährt in Bälde, dass ihr mit euren Kräutertränken die Unzucht hervorruft, ehrbare Leute in den

Wahnsinn treibt und auch einer Mutter das unge-
borene Kind im Leib getötet habt. Ich muss euch
nicht sagen, welche Folgen das für euch hätte…“

„Ihr wollt mich erpressen? Ihr wisst so gut wie
ich, dass das nicht stimmt!“ Medea stemmte ihre
Arme in die Hüften und sah den Bischof mit fes-
tem Blick an. Dieser strich sich süffisant über seinen Umhang, lächelte zynisch und erwiderte:
„Aber aber! So würde ich es nicht bezeichnen. Ihr
habt doch die Wahl! Nehmt das Geld oder tragt
die Konsequenz!“

„Was will die Kirche denn mit einem so winzigen Haus wie dem meinen?“, wollte Medea wissen.

Der Bischof trat vor sie. „Es geht nicht um das
Haus, Weib. Die heilige Kirche hat die Absicht,
an dieser Stelle ein Kloster zu errichten. Hier wird
vermutlich die Kapelle stehen, die anderen
Trakte reichen bis hinunter zum Wiesengrund.“

Medea stockte der Atem. Sie sollte nicht nur ihr
Haus verlieren, man wollte ihr auch ihren so
wichtigen Ritualplatz wegnehmen! Die Wiese,
auf der sie ihre Götter rief, ihre Opfergaben ver-
brannte und ihre Sonnenwendtänze vollführte –
Dinge, die ihr, Medea, hochheilig waren und die
man nicht an jedem beliebigen Ort durchführen
konnte. Hierzu brauchte es einen geweihten
Platz, wie es ihr Wiesengrund war. Bei allem

Respekt vor der Kirche, aber diesen Wunsch konnte sie ihr nicht erfüllen!

„Nein!“ entgegnete Medea trotzig. Der Bischof zog seine Stirn in Falten. „Wie meinen?“ „Ich sagte nein! Ihr könnt mein Land nicht kaufen.“ Schallendes Gelächter setzte ein. Der Bischof schien belustigt über den dreisten Versuch der Frau, ihn abzuweisen. „Weib, ich wiederhole mich gern. Ihr seid wohl im Glauben, ihr hättet eine Wahl?“ gab er mit finsterem Blick zurück. „Ihr habt keine! Seid weise, rate ich euch! Ihr habt noch einen Atemzug lang Bedenkzeit, dann trennen sich unsere Wege für den heutigen Tag. Aber wisst, eure Entscheidung wird über euren weiteren Lebensweg bestimmen!“

Medea wies dem Geistlichen die Tür. „Ich wünsche euch einen guten Tag, Herr! Habt eine angenehme Heimreise!“ Vor Zorn schnaubend raffte der Bischof die auf dem Tisch liegenden Taler zusammen und verließ mit zerknirschtem Blick die Hütte. Bevor er sein Pferd bestieg, welches friedlich auf der Wiese graste, wandte er sich ein letztes Mal an Medea. „Wie ihr wollt... ich meinte, ihr wäret klüger!“

Wenige Tage darauf, während Medea gerade ihren morgendlichen Hirsebrei löffelte, flog krachend die Tür auf und drei Männer stürmten in die Hütte. Der erste schlug Medea ins Gesicht,

der zweite packte sie an den Armen und schlang
ein Seil um sie.

Der dritte stieß sie grob zur Tür hinaus, vor der
drei Pferde auf ihre Reiter warteten. Die drei
Männer schwangen sich, ohne ein Wort zu verlieren, auf die Rösser, der letzte hielt noch immer
das Seil, an dessen Ende Medea hing. Sie gaben
den Pferden die Sporen, die sich laut wiehernd in
Gang setzten und mit ihren Reitern auf dem Rücken davongaloppierten. Medea stürzte und
wurde mitgerissen. Schmerzhaft schliff ihr Körper über den Boden, das Seil brannte sich in ihre
Handgelenke, während der Reitertross sein
Tempo erhöhte. Vor Schmerz fast wahnsinnig,
schrie Medea auf, die Haut ihrer Knie war vollständig abgeschliffen, der blanke Knochen wurde
über den Waldboden gezogen. Eine Blutspur ließ
erkennen, welchen Weg die Reiter nahmen. Das
Seil hatte auch ihre Handgelenke blutig gescheu-
ert, der rote Saft rann an ihren Armen hinunter.
Der Stoff ihres Kleides, welcher ihren Oberkörper
mehr schlecht als recht schützte, wurde dünner
und gab schließlich nach. Die nackte Haut ihres
Bauches rieb am steinigen Erdboden, die Männer
ritten, ohne einen Blick auf die geschundene Frau
hinter sich zu werfen.

Die Sinne schwanden Medea, eine erlösende
Ohnmacht fiel über sie. Medea erwachte mit

schmerzverzerrtem Gesicht. Um sie herum war nichts als Dunkelheit.

Sie lag auf steinigem, feuchtem Boden, es roch nach Moos und Pilzen. Ihre Hände versuchten zu ertasten, wo sie sich befand; ihren Körper konnte Medea nicht bewegen, der Schmerz war unerträglich. Sie versuchte, ihren Kopf zu heben und ließ ihre Augen umherwandern. Alles, was sie sah, waren Mauern. Kein Fenster erhellte den Raum, in dem sie war. Kein Lüftchen drang zu ihr, kein einziger Laut. Medea versuchte zu schreien, sie war aber zu schwach.

Draußen nahmen die drei Schergen des Bischofs ihren Lohn entgegen, jeder erhielt drei Silbermünzen. Der Bischof schien zufrieden mit ihrer Arbeit, warf einen letzten prüfenden Blick auf die Festigkeit der Mauer, die nun anstelle der Tür den Eingang zum Verlies verschloss. „Sie hätte nicht so störrisch sein sollen…" murmelte der Bischof vor sich hin. „Gott sei ihrer Seele gnädig."

Mit diesen Worten wandte er sich um. In einer halben Stunde begann das Mittagsgebet.

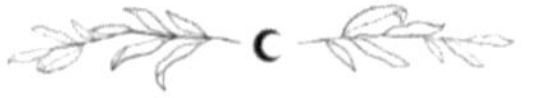

Die Weihe des neuen Benediktinerklosters Hagenrode wurde mit einem Festakt gefeiert. Nach der Segnung der Kapelle wurden die Reliquien unter festlichem Gesang auf dem Altar platziert. Bischof Gregor entzündete das ewige Licht.

In den darauffolgenden Tagen zogen die Benediktinerinnen ein, die unter der Anleitung ihrer Äbtissin Meregart den Klosterbetrieb aufnahmen.

Meregart galt als streng gläubig und gottesfürchtig. Sie erschien auf die Sekunde pünktlich zu den Stundengebeten und duldete kein Zuspätkommen ihrer Untergebenen. Hier strafte sie mit harter Hand: Verpasste eine Nonne den Anfang des Gebetes, musste sie eine Nacht lang laut den Rosenkranz in der Kapelle beten.

Die Äbtissin war in allem, was sie tat, sehr genau. Sie prüfte alle Dokumente akribisch, bevor sie ihre Unterschrift daruntersetzte. Bevor sie eine Novizin in die Mauern des Klosters aufnahm, musste diese ihre Rechtschaffenheit und Gottestreue durch einen Leumund unter Beweis stellen. Das Obst und Gemüse, welches die Bauern aus der Umgebung dem Kloster lieferten, nahm sie höchstselbst in Augenschein, ehe sie den ausgehandelten Preis dafür zahlte.

Meregart wurde von ihren Ordensschwestern im höchsten Maße respektiert, aber auch gefürchtet.

Der Orden der Benediktinerinnen bestand knapp ein Jahr, als die Nonnen eine Veränderung an ihrer Äbtissin bemerkten. Sie wirkte fahrig, durcheinander; manchmal redete sie mit sich selbst oder schien im Klostergarten wüst auf einen Unsichtbaren zu schimpfen. Ihre Hände zitterten und machten mitunter unkontrollierte Bewegungen. Nachts streifte sie durch die Gänge, murmelte leise vor sich hin oder schimpfte laut. Mit der Zeit hörten die Glaubensschwestern auch ein leises Stöhnen und Ächzen, wenn sie an der Zellentür der Äbtissin vorbeiliefen, als litte sie unter großen Schmerzen.

Der gesamte Orden begann sich große Sorgen zu machen. Niemand hatte eine Erklärung für das seltsame Verhalten Meregarts.

Der herbeigerufene Doktor war im Grunde ebenso ratlos, wollte sich dies aber nicht anmerken lassen. Er vermutete, dass die viele Arbeit und Verantwortung, die auf Meregarts Schultern lasteten, ihre Sinne überreizt hätten. Die Schwestern sollten ihr beruhigende Kräuter verabreichen und die Äbtissin vorübergehend von ihren Pflichten entbinden. Sollte dies alles nichts nützen, müsse er einen Aderlass durchführen, um den kranken Körper zu entlasten.

Der Arzt erhielt von Schwester Adelinde sein Honorar, nickte dankend und verließ das Kloster.

Der Zustand der Äbtissin verbesserte sich nicht. Fast jede Nacht lief sie stöhnend oder laut schimpfend durch die Gänge, fand auch tagsüber keine Ruhe, schlief kaum und bot mittlerweile ein trauriges Bild. Sie hatte stark an Gewicht verloren, ihre Haut wirkte fahl und grau, ihre Augen waren durch den Schlafmangel gerötet und das Zittern ihrer Hände hatte sich verschlimmert. Meregart schien um Jahre gealtert.

Der Arzt führte einen Aderlass durch, der jedoch ebenso wenig Wirkung zeigte wie alle Kräutertees und Gebete, die die Ordensschwestern täglich für Meregart abhielten. Am Ende des Winters fanden die Schwestern ihre Äbtissin leblos in ihrem Bett; Meregart war erlöst. Sie erhielt ihre letzte Ruhestätte neben der Klosterkapelle, und sogar der Bischof selbst nahm an ihrer Beisetzung teil.

Mit dem Tod der Äbtissin kehrte jedoch keine Ruhe in die Klostermauern ein. Es schien, als hätten Gott, der Heiland sowie der Heilige Geist ihren Segen dem Kloster Hagenrode entzogen. Adelinde trat Meregarts Nachfolge an, erkrankte jedoch nach wenigen Monaten schwer. Ein starkes Fieber ergriff sie; sie verstarb daran nach nicht einmal einer Woche. Kurze Zeit später zerstörte ein Brand einen Teil der Kapelle und im Frühjahr vernichtete ein Hagelschlag den gesamten Klostergarten.

Zwei der Benediktinerinnen wurden innerhalb kurzer Zeit geisteskrank, sie waren nicht mehr sie selbst, ihre Mitschwestern vermuteten, sie seien vom Leibhaftigen besessen.

Bischof Gregor erfuhr von all diesen Vorfällen im Kloster Hagenrode. Grübelnd schritt er in seinem Gemach auf und ab und murmelte: „Diese Hexe! Will selbst nach ihrem Tod ihren Besitz nicht aufgeben! Aber nicht mit mir… es gibt Mittel und Wege, dir beizukommen, Weib!"

Am folgenden Tag ordnete Bischof Gregor einen Exorzismus in den Klostermauern an. Er selbst wollte nicht daran teilnehmen, offiziell aus zeitlichen Gründen, in Wahrheit jedoch aus Angst, Medea könnte ihm etwas antun. Zwei Geistliche wurden nach Hagenrode gesandt, um den Exorzismus durchzuführen. Ohne Erfolg, wie sich kurze Zeit später herausstellte: Die Vorfälle im Kloster gingen weiter und verschärften sich sogar. Die Nonnen wurden nacheinander krank, einige starben oder konnten aufgrund ihrer Krankheit ihren Dienst nicht fortsetzen.

Nachts waren des Öfteren leise Gesänge in den Gängen zu hören. Die Schwestern bekamen Angst und verließen nach Einbruch der Dunkelheit ihre Zellen nicht mehr. Eines Morgens fand Schwester Agnes den Altar in der Kapelle komplett verwüstet vor; alle Reliquien, der Blumenschmuck, die Kerzen – alles war umhergeworfen.

Die Benediktinerinnen richteten nun ein Schreiben an ihren Bischof, worin sie aufgrund der immer wiederkehrenden Vorfälle und der augenscheinlich eingetretenen Besetzung durch den Leibhaftigen um eine Versetzung baten. Alle hatten Angst um Leib und Leben und konnten nicht länger an diesem Ort bleiben. Widerwillig gab der Bischof dem Wunsch der Nonnen nach; alle wurden in andere Klöster versetzt, Kloster Hagenrode wurde vorerst aufgelöst und entweiht.

Grete sah auf die Uhr. „Meine Güte, es ist ja schon Mittag! Wie die Zeit vergeht... Ihr müsst doch Hunger haben!" Die beiden Zuhörerinnen Susanne und Hermine konnten dies nicht bestreiten. Tatsächlich knurrte beiden der Magen. Grete warf einen Blick in ihren Kühlschrank und zog aus dem Tiefkühlfach eine Dose heraus. „Zum Glück habe ich noch eingefrorene Suppe! Die mache ich uns schnell warm." Dankbar nahmen Susanne und Hermine das Angebot an.

Während Grete im Topf rührte, fragte Susanne: „Meinst du, dass diese Hexe Medea im Kloster herumspukte und für die Vorfälle verantwortlich ist?" Grete nickte.

„Ja. Sie fand nach ihrem grausamen Tod keine Ruhe und sann auf Rache. Die Kirche hatte ihr ihren wertvollen Besitz genommen, um ein Kloster darauf zu bauen. Sie hatte ihre Ritualplätze, die ihr heilig waren, zerstört. Ihre Seele kehrte wieder an diesen Ort zurück, vielleicht wollte sie zurückholen, was man ihr nahm?"

„Und sie ist in den Körper der Äbtissin eingedrungen, hat ihn in Besitz genommen?", warf Susanne ein.

„Das ist anzunehmen. Auf diese Weise konnte sie wieder auf ihrem Grund und Boden leben, sie nutzte die Äbtissin dafür. Als diese starb, übernahm Medea den Körper ihrer Nachfolgerin, Adelinde", berichtete Grete weiter. „Nach der Auflösung des Klosters war niemand mehr da, in den Medea fahren konnte und so wandelte ihr Geist wahrscheinlich über die Jahrhunderte ruhelos in dieser Gegend umher. Einige Leute berichteten immer mal wieder von ihrem Erscheinen."

Die drei löffelten ihre Suppe und schweigend dachte Susanne über das Erzählte nach. Obwohl sie schon so viele Jahre in Alexisbad lebte, war ihr nicht bewusst, was sich zu früherer Zeit alles hier zugetragen hatte. Sie musste das alles erstmal verarbeiten. Und natürlich war sie neugierig, wie die Sache weiterging und wann die Puppe Klara ins Spiel kam.

Nach dem Essen lud Grete die beiden ein, sich ins Wohnzimmer zu setzen. „Kommt, dort sitzen wir bequemer." Sie stellte ihren Gästen ein Glas Limonade auf den Tisch und bemerkte Susannes neugierigen Blick. „Ja, meine Liebe, ich fahre fort. Ihr sollt alles wissen."

Grete nahm in ihrem Sessel Platz und fuhr mit ihren Erzählungen fort. „Die Entstehung unseres Ortes Alexisbad geht ins 18. Jahrhundert zurück. Es siedelten sich nun nach und nach mehr Leute an. Wenig später nahm man, aufgrund des hiesigen guten Quellwassers, den Bäderbetrieb auf. Alexisbad war der erste Bäderbetrieb Anhalts. Die Gäste wurden zahlreicher und so entstanden Hotels und Pensionen. Eines davon war das Hotel ‚Försterling', von dem ich vorhin schon berichtete. Der Inhaber, ein gewisser Herr von Tannbach, kaufte die Puppe, um sich für die Fürsorge meiner Großmutter Johanna zu bedanken, die sie seiner kranken Tochter Florentine angedeihen ließ.

In den Tagebüchern meiner Großmutter war vermerkt, dass mit dem Einzug der Puppe ins Haus seltsame Dinge passierten. Man würde es heute als Spuk bezeichnen. Gegenstände fielen wie von Geisterhand um, nachts hörten meine

Urgroßeltern Geräusche, wie ein leises Singen und Stöhnen. In den Keller traute sich niemand mehr, auch hier berichtete das Tagebuch von Geistererscheinungen; eine ziemlich großgewachsene Nonne tauchte immer wieder auf.

Wie gesagt, eines Tages suchte meine Urgroßmutter Josefa Rat beim Pfarrer. Sie erzählte ihm, was sich in letzter Zeit im Hause zutrug. Er wollte wissen, wann der Spuk im Haus begann. Josefa musste etwas überlegen und kam schließlich darauf, dass mit dem Tag, als ihre Tochter Johanna die Puppe mitbrachte, die seltsamen Ereignisse begonnen hatten.

Der Pfarrer wurde hellhörig, als Josefa vom Erscheinen einer Nonne sprach. Sofort erinnerte er sich an die alte Geschichte um das Kloster Hagenrode. Er kannte auch die unrühmliche Vorgeschichte, als der damalige Bischof Gregor die Kräuterfrau Medea um ihr Hab und Gut betrog, um das Kloster auf deren Grund zu errichten. Nach ihrem gewaltsamen Tod im Auftrag der Kirche nahm sie zunächst Besitz von den Körpern der beiden Äbtissinnen des Klosters und erschien nach deren Tod und der Auflösung des Klosters selbst in Gestalt einer Nonne. Wahrscheinlich sann sie auf Rache an der Kirche und deren Anhängern.

Meine Urgroßmutter brachte nun die Puppe ins Spiel und wollte vom Pfarrer wissen, in welcher Verbindung sie zu dieser Nonne stand.

Pfarrer Heidenreich konnte hier nur spekulieren: „Ich vermute, ein böser Geist ist in sie gefahren. Medea hat ihn möglicherweise heraufbeschworen, als sie ihren Rachefeldzug begann. Dieser Geist diente ihr vielleicht als Helfer und unterstützte Medea in ihrem Tun. Als Gegenleistung nährte sie ihn mit ihrer Energie. Wut ist wie ein energetisches Kraftwerk; der Geist wurde sicher sehr gut versorgt! So profitierten beide voneinander."

Susanne nahm einen Schluck ihrer Limonade und warf ein: „Aber von den alten Kirchenleuten lebt doch heute keiner mehr. Was will denn diese Medea von den Leuten? Deiner Großmutter oder von uns...?"

„Darüber habe ich mir auch Gedanken gemacht. Ihr wurde niemals Wiedergutmachung zuteil, niemand bereute, was man ihr damals angetan hatte. Sie verlor alles, ihr Haus, ihre heiligen Plätze, dann auch ihr Leben. Ihr Zorn darüber währte über ihren Tod hinaus; sie wollte Rache um jeden Preis. Als die Kirchenvertreter aus der Gegend verschwunden waren, richtete sie ihre Rachegedanken eben an diejenigen, die diese Missetaten an ihr nicht verhindert hatten und danach an all jene, die ihren heiligen Ort besiedelten und ihn somit entweihten. Sie betrachtete den Wiesengrund wohl als ihren persönlichen Besitz, was er ja im Grunde auch war. Medea akzeptierte nicht, dass sich ihr Ort im Laufe der Zeit veränderte, dass fremde Menschen hierher zogen und ihre Wiesen zubauten. Man glaubte ja früher, dass in den Wäldern und Wiesen Naturwesen leben, die man besser nicht vertreiben sollte. Die Menschen und sicher auch Medea fürchteten den Zorn der Naturwesen, wenn man ihnen ihr Zuhause raubte. Vielleicht konnte sie auch mit den Wesenheiten kommunizieren? Ihr wurde ja das sogenannte zweite Gesicht nachgesagt, das heißt, sie konnte Kontakt mit der Geisterwelt aufnehmen und sie um Rat fragen.“

Die kleine Hermine wirkte nun traurig. „Das finde ich auch nicht in Ordnung, wenn man den Feen und Kobolden ihr Zuhause wegnimmt. Sowas tut man doch nicht. Da kann ich Medea schon verstehen, dass sie wütend wurde...“

Grete strich dem Mädchen über den Kopf. „Ja, das stimmt. Damals ist viel Unrecht geschehen und nie wieder gut gemacht worden.“

„Und wieso hast du uns die Puppe übergeben, Grete?“ wollte Susanne nun wissen.

Grete seufzte. „Naja, die Aufzeichnungen meiner Großmutter Johanna sagen aus, dass die böse

Kraft der Puppe aktiviert werden muss. Das bedeutet, ihr Besitzer oder ihre Besitzerin müssen die Puppe berühren, in diesem Moment erwacht der Geist, der in ihr wohnt. So ein bisschen vergleichbar mit einem Flaschengeist. Hat man den Geist so zum Leben erweckt, ist es schwer, ihn wieder loszuwerden. Er ruft jede Nacht nach seiner Herrin, Medea, die dann in Gestalt der Nonne erscheint. Sie speist ihn mit ihrer Energie und das Duo sucht sich neue Opfer. Ich habe die Puppe in der Sturmnacht auch angefasst, wollte sie aus dem Stuhl heben, als ich im selben Moment einen Schlag bekam und zu Boden ging. Damals wusste ich ja noch nichts von den Umständen. Tja, ich dachte, wenn ich diese Puppe in einen Karton lege, verschließe und ihn außer Haus bringe, kehrt wieder Ruhe ein. Der Geist ist ja wahrscheinlich an das Haus und seine Bewohner gebunden. Heute tut es mir leid, dass ich so naiv war; ich hätte mir denken können, dass die Kinder beim Spielen womöglich die Kiste finden und sie öffnen. Susanne, ich muss mich bei euch entschuldigen!"

Susanne nahm Gretes Hand. „Ist schon gut. Jetzt wissen wir ja alles. Die Frage ist nun, was machen wir mit der Puppe? Wie werden wir die beiden Geister wieder los? Ich möchte sie auch niemand anderem geben, bei dem dann der Schrecken einzieht."

„Nein, auf keinen Fall! Ich habe eine bessere Idee. Nach all den Jahren hat es Medea verdient, zur Ruhe zu kommen. Was bisher niemand tat, könnten wir jetzt tun", begann Grete. „Medea wurde nicht ordnungsgemäß beigesetzt. Soweit überliefert, starb sie in den Verliesmauern und blieb auch darin. Ein Grab bekam sie nicht. Wir sollten eine kleine Gedenkfeier für sie ausrichten, was meint ihr?"

Hermine war begeistert. Auch Susanne fand Gefallen an dem Gedanken. „Du hast recht, Grete. Das sollten wir tun!"

Die ältere Dame erhob sich aus ihrem Sessel. „Prima. Dann sollten wir mit den Vorbereitungen beginnen. Zu Monatsende ist Vollmond; dieser Tag hat für Kräuterfrauen und Hexen besondere Bedeutung. Ich finde, das ist ein gutes Datum für unsere Zeremonie. Wir treffen uns dann am ehemaligen Wiesengrund, kurz hinter dem Ortsschild. Du weißt, wo ich meine, Susanne?"

Die Angesprochene nickte. „Natürlich."

Grete fuhr fort: „Du bringst dann auch den Karton mit der Puppe mit. Auch sie sollten wir Mutter Erde übergeben, sie gewissermaßen beisetzen. Bis dahin lass die Kiste außerhalb eures Hauses und lege die Rune Algiz, etwas Drachenblutharz und einen Obsidian darauf. Das habe ich alles im Haus, du kannst es mitnehmen. Ich weiß nicht, ob es ausreicht, den Geist zu bannen, aber wir versuchen es."

Susanne und Hermine verabschiedeten sich kurz darauf von Grete, die ihnen noch die versprochenen Schutzutensilien mitgab. Nach Gretes Anweisung platzierte Susanne alles auf dem Karton, in dem die Puppe lag. Etwas mulmig war Susanne schon, immerhin befand sich die Kiste noch auf ihrem Grundstück. Sie war sich nicht sicher, ob sie in den kommenden Wochen bis zur ihrer Zeremonie von den beiden Geistern in Ruhe gelassen würden.

Hermine schlief noch immer bei ihrer Mutter und wollte auch tagsüber nicht alleine bleiben. Susanne hatte ihr Handy immer griffbereit, sollte sich die Nonne wieder zeigen, würde sie sofort Grete anrufen. Grete hatte sich bereit erklärt, in einem solchen Fall zu kommen und mit Abwehrkräutern zu räuchern.

Glücklicherweise blieb bis zum Monatsende alles ruhig. Gretes Bannutensilien schienen ihren Dienst zu tun.

Der Vollmondabend nahte und Grete hatte schon einige Sachen besorgt, die sie für ihre Zeremonie brauchen würden: weiße Kerzen, drei weiße Rosen, Runenkarten wie Wunjo und

Kenaz, deren Energie Heilung für den geschundenen Geist von Medea bringen und ihr das Loslassen von ihrem ehemaligen irdischen Besitz erleichtern sollten.

Die beiden Frauen trafen sich am Nachmittag des Vollmondtages. Hermine war bei Marie und Susanne wollte sie am Abend dort abholen. Grete hatte einen Spaten sowie eine Tasche mit den Ritualgegenständen dabei. Susanne kam mit der Puppenkiste unter dem Arm. Bis zum Ortsende liefen die beiden im Licht der Straßenlaternen, denn um diese Jahreszeit setzte die Dunkelheit noch recht früh ein. Das letzte Stück bis zum alten Wiesengrund war unbeleuchtet. Hier zückte Grete eine mitgebrachte Taschenlampe und leuchtete den Weg aus. Ein Teil des ehemaligen Klostergeländes war mittlerweile Privatgrundstück.

„Wir müssen einmal um das Gelände herum, das Grundstück können wir nicht betreten!", flüsterte Grete.

Dahinter lag ein kleines Wiesenstück, welches Grete ansteuerte. Susanne folgte ihr. „Ich bin mir sicher, dass diese Wiese auch zu Medeas Besitz gehörte. Hier können wir sie verabschieden und alles in Heilung bringen", war sich Grete sicher.

In der Mitte der Wiese machten sie Halt und legten alles Mitgebrachte ab. „Wie geht es jetzt weiter?", wollte Susanne wissen.

Grete nahm den Spaten auf. „Wir schaufeln zunächst zwei Gräber. Eins, eher symbolisch, für Medea, das zweite für die Puppe.

Zum Glück haben wir momentan recht milde Temperaturen; der Boden dürfte nicht gefroren sein."

Susanne nahm Grete den Spaten aus der Hand. „Komm lass, das übernehme ich!" Und schon begann sie, zwei etwa gleich große Löcher in den Boden zu graben. Es war nicht ganz leicht, denn ein bisschen Frost war noch im Erdreich, aber mit etwas Mühe schaffte sie es. Anschließend legte Grete in das erste Loch eine weiße Rose und wies Susanne an, den Karton mit der Puppe in das zweite Loch zu geben. Auch auf diesen platzierte sie eine der Rosen.

„Ruhe nun in Frieden, Medea, möge deine Seele Heilung finden und die Engel des Himmels dich in ihr Reich führen", betete die alte Dame. „Vergib allen, die dir Unrecht getan und dir so viel Leid und Schmerz zugefügt haben."

„Amen!", fügte Susanne hinzu.

Grete trat nun an das Grab der Puppe. „Und du, Geist, geh zurück, woher du gekommen bist! Deine Zeit hier ist beendet!" Ihr war, als zöge in diesem Moment erneut ein kalter Hauch um ihre Beine, aber Grete ließ sich nicht beirren. Sie legte in jedes der Gräber jeweils eine der beiden Runen und gab dann Susanne ein Zeichen, die Gräber wieder zu verschließen.

Nachdem diese mit Erde gefüllt waren, legte Grete die letzte weiße Rose in die Mitte der Gräber, zündete zwei weiße Kerzen an und steckte eine vor jedes Grab.

„Lass uns noch das Vaterunser beten! Medea wird zwar von Kirche und Gebeten nichts mehr wissen wollen, aber das Vaterunser stammt ja vom Heiland selbst. Das wird sie schon tolerieren und es ist ein würdiger Abschluss unserer Zeremonie, finde ich!" So beteten die beiden Frauen leise das Vaterunser und Grete ließ noch einen Segensspruch folgen. Sie verweilten noch wenige Minuten und wollten dann den Heimweg antreten. Als sie vorn an der Straße ankamen, deutete Susanne plötzlich in Richtung Himmel und rief: „Schau mal, Grete, eine Sternschnuppe!" Die ältere Dame hob ihren Kopf und sah eine wirklich große Schnuppe mit einem äußerst langen Schweif.

„Das ist ein Zeichen! Unser Ritual war sicher erfolgreich. Man hat Medea im Himmelreich aufgenommen, da bin ich mir sicher!"

Susanne seufzte. „Hoffentlich kehrt nun wieder Ruhe ein. Mir sitzen die Ereignisse der letzten Wochen noch immer in den Knochen. Und Hermine auch."

Grete tätschelte ihre Hand.

„Ganz sicher, meine Liebe. Aber lass dir nie wieder von anderen Leuten einen Karton aufschwatzen, dessen Inhalt du nicht kennst", sagte sie augenzwinkernd zu ihrer neuen Freundin.

Epilog

Die Geschichte um die Kräuterfrau und Hexe Medea ist frei erfunden. Der Ort Alexisbad existiert im Harz; die erwähnten Bauten, wie das Hotel, das Kaffeehaus, die Wohnhäuser und das Kloster gibt bzw. gab es dort tatsächlich, haben jedoch mit den Ereignissen, wie im Buch beschrieben, nichts zu tun. Die Errichtung des Klosters im frühen Mittelalter hatte andere Hintergründe als im Roman dargestellt. Eine mögliche Namensgleichheit der Charaktere im Buch mit Anwohnern des Ortes Alexisbad ist unbeabsichtigt.

Eine Welt voller Bücher

Unvergessliche Abenteuer
Faszinierende Charaktere
Neue Welten und Ideen

Bei Infinity Gaze endet
die Lesereise nie!

Jetzt entdecken unter:
www.infinitygaze.com